카페 홈즈에 가면?

카페 홈즈에 가면?

신원섭 · 정해연 · 조영주 · 정명섭 지음

손안의책

차례

찻잔 속에 부는 바람 - 신원섭   _007

너여야만 해 - 정해연   _065

죽은 이의 자화상 - 조영주   _121

얼굴 없는 살인마 - 정명섭   _171

찻잔 속에 부는 바람

신원섭

■ 노인을 만나다

집에서 망원동까지 한 시간 반. 도중에 지하철을 두 번이나 갈아 탔다. 망원역에서 시장 방향으로 10분 남짓 걸었다. 맞은편 시장 입구와 크로켓 가게 간판이 보일 때쯤 목적지에 도착했다.

웅장한 약국 간판 옆에 달린 갈색 차양. 그 위에 하얀 글씨로 상호가 적혀 있다. 카페 홈즈, 고즈넉한 북 카페. 커피가 유달리 시큼한 추리작가들의 사랑방.

손등으로 땀을 훔치며 가파른 계단을 성큼성큼 올랐다. 카페에 는 손님이 거의 없었다. 볕이 들지 않는 구석에서 졸고 있는 노인 뿐. 작가처럼 보이진 않았다.

나는 늘 그렇듯 아이스커피를 주문하고 창가에 앉아 노트북을 펼쳤다.

소설은 두 달째 작업 중이다. 두 줄짜리 로그라인과 A4 세 장 남짓 써놓은 줄거리뿐인 내 첫 장편.

까놓고 말해서, 이건 별로 가망이 없다. 나 자신조차 납득이 안 되는 허섭스레기였다. 영혼이 없는 이 소설에는 밀실 추리물이라 는 딱지가 붙어있다. 물론 내가 붙인 딱지다.

불행히도 작가적 야심이 지나쳤던 나는 아직 이 밀실의 해법을 찾지 못했다. 대책 없이 사건부터 벌여 놓았더니 수습할 길이 없었기 때문이다. 그 결과 도입에서부터 결말을 걱정해야 하는 처지에 내몰리고 말았다.

차라리 살인범이 밀실에 비밀통로를 만들었다고 할까? 졸렬하지만 그렇게라도 해야 될 판이었다. 이 장편만큼은 무슨 수를 써서라도 완성해야 했으니까. 그런 절박감이 나를 더욱 비참하게 만들었다.

소설을 쓴답시고 나대던 지난 10년. 나는 대체 무얼 했던가? 등단은커녕 데뷔조차 못한 채, 아무도 안 읽는 단편 두어 개씩을 매년 끼적였을 뿐. 그러고도 어디 가서는 작가입네 떠들고 다니지 않았나?

그러나 사실상 내가 작가임을 입증할 근거는 어디에도 없었다. 나는 글을 팔아 돈을 번 적도 없고, 내 이름을 달고 나온 책 한 권 없다. 누구나 연재할 수 있는 무료플랫폼에 단편 열댓 개를 올렸을 뿐이다.

내가 정말 작가인가? 누구든 나 같은 작가가 될 수 있다. '인터넷에 연재를 하신다고요? 멋지네요. 저도 작가가 되고 싶어요.' 그럼 그냥 회원가입하고 글을 올리면 된다. 요즘 세상에 작가가 되기란 2종 보통면허를 따는 것만큼이나 쉽다.

사실 나는 좀 더 진지한 작가가 되고 싶었다. 세간에 회자되는 불멸의 작품을 쓰고 싶었다. 물론 책 팔아서 돈을 벌 수 있다면 더 좋고.

그러나 내가 쓴 트리트먼트는 지망생 합평에서조차 놀림감이 될 정도의 졸작이었다. 비밀통로가 있는 밀실이라니. 트릭 축에도 못 드는 발상에 구역질이 났다. 한심하고 우스웠다.

그때였다.

"지금 쓰고 있는 거, 추리소설인가?"

낯선 목소리에 화들짝 고개를 돌렸다. 구석의 노인이었다.

언제부터인지 모르겠지만, 노인은 어깨너머로 내 모니터를 훔쳐 보고 있었던 것이다. 그런 주제에 비실비실 웃으며 독설을 늘어놓는다.

"조금 읽어봤는데, 플롯이 갈팡질팡이네. 그걸 대체 어떻게 살리려고?"

노인은 메리야스가 훤히 비치는 헐렁한 모시 남방 차림이었다. 관절마다 마디가 불거진 손이 꼭 말라죽은 나무 같았다.

나는 몹시 화가 났지만 애써 마음을 누그러뜨렸다.

'쓸데없는 일에 열 내지 말고 일어나 하자. 독자의 이목을 사로잡을 수 있는 도입부를 써 보는 거야.'

어떤 면에서 글쓰기는 낚시와도 비슷하다. 바늘에 미끼를 꿰는 게 우선이다. 그러니 자극적인 상황이나 대사를 던지면서 시작하는 것이다. 나는 가능한 한 굵고 센 놈을 선호했다. 이를테면 이런 식으로.

■ 팜므파탈 주희

"나 낙태했어. 그게 우리 애였다는 거 광훈이도 알아."

테이블에 팔꿈치를 괸 주희가 말했다. 그녀는 남 얘기를 하듯 무덤덤했다. 정작 듣고 있던 규식은 펄쩍 뛰었다.

솔직히 놀랐다. 3선 의원인 아버지가 이 사실을 알면 어떻게 될까? 자신의 석연찮은 병역과 곧 있을 아버지의 국회의원 선거 생각에 정신이 아득했다. 임신중절이라니. 매스컴에 오르면 곤욕을 치를 일이다.

규식은 역행성사정으로 공익근무를 했다. 정액이 방광으로 역류하는 증상. 사정을 해도 정액이 나오지 않고, 정자는 오줌에 섞여 나온다. 따라서 환자의 대부분은 불임이다. 그가 신체검사 4급 판정을 받은 이유였다. 물론 규식의 진단서는 아버지 입김으로 날조된 것이었지만.

그에게는 주희를 임신시킬 역량이 있었다. 주희의 낙태가 그것을 증명한다. 다만 그것은 세상에 알려져서는 안 될 비밀이었다.

규식은 얼굴을 붉혔다. 따귀라도 맞은 기분이었다.

그가 다그쳤다.

"왜 나한테 얘기 안 했어?"

"뭐를?"

"임신했었다는 거."

"나도 너랑 헤어지고 나서 알았어."

주희는 건성으로 대답했다. 그녀는 빨대를 흔들며 커피 잔의 얼음을 휘저었다. 규식은 몸이 달았다. 조바심에 목소리를 높였다.

"사실이라면 큰일이야. 우리 아버지 평판이 달렸단 말이야."

"그것뿐이겠어? 오빠 군대 문제도 달렸지."

주희가 정곡을 찔렀다.

생글생글 웃는 그녀의 모습에 규식은 전율했다. 주희의 커다란 두 눈에는 어둠이 도사리고 있었다. 깊이를 알 수 없는 차가운 눈동자. 그 안에서 노랗게 타오르는 악의. 규식은 할 말을 찾지 못해 입을 다물었다.

주희가 먼저 말했다.

"사실 난 별로 상관없는데."

"나한테는 치명적이야."

"하긴, 군대 두 번 가는 건 다들 싫어하더라."

"원하는 게 뭐야?"

돈이야? 아니면 다시 내 사랑을 얻고 싶은 거야? 궁금한 게 많았지만 묻지 않았다. 그녀가 말할 때까지 기다렸다.

주희는 코웃음을 쳤다.

"원하는 게 뭐냐니, 지금 무슨 드라마 찍니? 그리고 오빠, 평판은 나한테도 있어. 꼭 그렇게 자기 생각밖에 못 해?"

"그거랑은 경우가 다르지. 우리 아버지는 평판으로 밥 벌어먹는 사람인데."

"하여간 정치인이란, 아비나 자식이나."

주희는 쓸쓸한 미소를 지었다. 어떠한 상황에서도 동요하지 않는 저 눈. 매혹적인 심연. 생기 넘치는 동그랗고 아름다운 용모. 뱀 같은 여자였다.

규식은 그녀가 짐스러웠다. 주희는 육체노동자 집안의 딸이었다. 학벌도 재능도 특출하지 않은 보통 사람. 때문에 규식은 언젠가 그녀가 자신의 야망에 걸림돌이 되리라 생각했다. 그래서 그녀를 떠났다.

주희는 이유를 물었다. 핑계가 없어 하나 만들었다. 각자의 삶에 전념할 시기라며 그녀를 설득했다.

규식은 변호사가 되기 위해 로스쿨에 갔고, 설득이 되지 않는 주희를 일방적으로 밀어냈다. 모르긴 해도 주희에겐 꽤나 큰 상처였을 것이다.

그렇게 이별한 지 두 달 만이었다. 주희가 규식을 불러낸 것은. 맥 빠지는 일이다. 어색한 인사를 나누며 마주 앉자마자 한다는 얘기가 낙태라니. 고작 그런 거였다니. 규식은 이마를 짚으며 한숨을 쉬었다.

주희는 규식의 반응을 다른 의미로 받아들인 듯했다. 마침내 그녀가 진짜 속내를 털어놓았다.

"말은 이렇게 해도 사실 골칫거리는 따로 있어."

"또 뭔데?"

"광훈이 말이야. 걔가 글쎄 협박을 하더라니까. 비밀을 유지하고 싶으면 돈을 내놓으라지 뭐야!"

"얼마나 달래?"

"오백만 원."

"겨우? 그냥 줘 버려."

"그렇게 간단한 일이 아니야. 오백으로 끝나겠어? 그 방법이 먹힌다 싶으면 점점 원하는 게 많아질 거야."

창밖을 내다보는 주희는 대리석 조각 같았다. 그녀의 옆모습은 하얗고 매끄럽다. 매력적인 여자다. 하지만 그뿐. 야망이 큰 남자에겐 걸맞지 않은 상대다.

주희의 시선을 따라 황량한 거리를 내다보며, 규식이 말했다.

"광훈이 입을 막아야겠네."

"무슨 수로? 걔가 원하는 대로 질질 끌려다니게?"

"얘기를 못 하게 만들면 되지."

주희는 고개를 돌려 규식을 바라보았다. 그녀는 꽤나 놀란 눈치였다.

그녀가 물었다.

"광훈이를 죽이자고? 나도 그 생각을 안 해본 건 아닌데, 현실적인 제약이 있어."

"뭔데?"

"걔 돼지잖아. 100킬로가 넘을걸? 그리고 나 삽질도 잘하지 못해. 모종삽으로 분갈이하라고 해도 자신 없는데, 나 혼자서 걔를

땅에 묻는 게 가능할 것 같아?"

그렇게 되묻고는 고개를 흔들었다.

규식은 심기가 불편했다. 애초에 죽일 생각까지는 없었다. 적당히 위협해 입을 막는 정도는 가능하겠지만. 그런데 입을 다물 테니 오백을 달라고? 미친 새끼. 사람을 사서 그놈 팔다리를 부러뜨려도 그보다는 싸게 먹힐 것이다.

이래저래 난처했다. 협박성 린치를 해도 비밀이 유지된다는 보장은 없다. 그건 놈에게 돈을 쥐여 줘도 마찬가지다.

그런데 주희의 제안을 듣고 보니, 어쩌면 광훈이를 죽이는 것도 가능할지 모른다는 생각이 들었다. 세상에 절대로 안 되는 일이란 없는 법이니까.

땅을 파고 시신을 옮겨 묻는 건 규식이 직접 하면 된다. 어려울 것 없는 일이다. 주희에게 정말로 광훈을 죽일 의지만 있다면.

규식이 물었다.

"죽일 방법은 있어?"

"광훈이는 꼴라 되면 세상모르고 자잖아. 그때 해치우면 되지."

"경찰은?"

"범행 도구랑 목격자. 이 둘만 없으면 되는 거 아냐?"

주희가 어깨를 으쓱 들어 보였다. 그녀는 목소리를 낮추고 자신의 계획을 들려주었다. 듣고 보니 간단했다. 좋은 생각인 것 같았다.

■ 노인에게 혹평을 듣다

노인은 혀를 차며 구시렁댔다.

"빻았네, 빻았어."

듣는 내 귀를 의심했다. 대체 이게 무슨 막말이람? 카페에서 조용히 글이나 쓰는 사람한테 빻았다니. 자기는 뭐 떳떳한가? 뒤에서 몰래 남의 모니터나 엿보다가 대뜸 한다는 소리가.

화가 난 나는 반사적으로 목소리를 높였다.

"뭐라고요?"

"빻았다는 말 몰라? 요즘 젊은 사람들 쓰는 말인데. 구리다고. 감각이 후져. 감수성도 별로야. 그래도 그 안에 뭐가 있긴 하네."

노인은 가볍게 말아 쥔 주먹으로 제 가슴을 톡톡 두드렸다. 마치 그 안에 뜨거운 심장이 요동치고 있다는 듯이. 내 안에도 그런 게 있다고 했나? 어쨌거나 칭찬인 듯했다. 젠장, 그따위 것 알게 뭐람.

"죄송하지만 무슨 말씀이신지…."

"여자 캐릭터 말이야. 들러리 세우려고 억지로 집어넣은 거 다 티 나. 살아있는 사람 같지 않다고. 보나 마나 팜므파탈이지? 그 여자는 끝에 가서 파멸하게 되어 있을 테고. 내 말이 틀려? 자네는 그게 전형적이라는 것조차 모르는 것 같아."

벌컥 화를 내려던 나는 순간 귀가 빨개질 정도로 부끄러움을
느꼈다.

노인의 말이 맞다. 주희는 팜므파탈을 염두에 둔 캐릭터였다.
미모의 악녀. 끝에 가서 파멸하는 여인. 그러나 그게 클리셰라는
건 모르고 있었다.

게다가 노인의 말을 듣고 보니, 주희가 광훈을 죽이려는 이유조
차 불분명했다. 범행 동기 설정에 공을 들인 규식에 비하면 형편없
었다. 공부가 부족했음을 자인하는 꼴이었다.

머뭇거리는 내게 노인이 물었다.

"뒷이야기는 어떻게 되는데?"

"주희가 광훈이를 자취방으로 유인해 살해합니다. 규식이 뒤처
리를 돕죠. 그런데 예상치 못한 변수가 등장해요. 광훈을 살해하는
동안 건물주가 복도에 감시카메라를 설치했거든요. 즉, 사건이 벌
어진 자취방은 밀실이 되는 거죠."

"밖에서 안으로 들어가는 게 아니라, 안에 있는 걸 밖으로 꺼내
는 밀실이네."

"네. 저는 그게 다른 작품과 차별화되는 지점이라 생각….'"

"참신하지 않아. 그런 식의 작품은 이전에도 많았어. 지금 소설
을 쓰겠다는 거야? 아니면 수수께끼 놀음을 하자는 거야? 밀실
같은 건 그냥 빼버려."

노인의 혹평에 나는 슬쩍 반발심이 생겼다. 나도 모르게 빈정대
며 대꾸했다.

"추리소설에 트릭이 없는 게 말이 됩니까?"

"물리적인 속임수만 트릭으로 치나? 아직 공부가 한참 부족하네. 어지간한 밀실은 90년대에도 구닥다리였다니까. 자네는 이미 잠재력 있는 캐릭터를 둘이나 만들었잖아? 그걸 어떻게든 잘 써먹을 생각은 왜 안 해? 내 보기엔 주희나 규식이나 남 뒤통수치는데 일가견이 있을 것 같은데."

노인의 지적에 귀가 솔깃했다. 항변하려다 말문이 막힌 나를 보며 노인이 코웃음 쳤다. 뭣도 모르는 애송이가 된 기분이었다.

한결 차분해진 말투로 노인이 말했다.

"그래도 시작은 제법 흥미로워. 쓸데없이 망설이지 않고. 그런 대담함 덕분에 속도감도 살고. 아예 그쪽으로 집중할 순 없나? 지금 자네는 본격 미스터리의 편협한 취향에 갇혀있단 말이야. 차라리 피카레스크를 써보는 건 어때? 나는 주희의 이야기가 궁금해. 그녀가 어떤 사람인지 좀 더 알고 싶어."

생각지도 못한 칭찬에 우쭐해진 나는 되는대로 떠벌리기 시작했다.

"뭐, 나중에는 그런 식으로 쓸 생각이었어요. 주희랑 규식이는 한패예요. 두 사람은 광훈을 죽이고 완전범죄에 성공해요. 그러다 반목하죠. 더는 서로를 믿지 못하게 되고, 상대방이 내 비밀을 폭로하지 않을까 전전긍긍하다가 마침내 파국을 맞는…."

"〈포스트맨은 벨을 두 번 울린다〉처럼 말인가?"

"…물론 아니죠. 차별화되는 게 있어요. 시점을 역순으로 진행

할 거예요. 주희와 규식이 파국을 맞는 것으로 시작해서, 무슨 일이 있었는지를 거꾸로 되짚는…."

"진부하다 못해 썩은 내가 나. 역순서사를 쓸 거면 그걸 활용한 서술트릭 정도는 있어야지. 〈옥토버리스트〉처럼 말이야."

"…서술트릭도 넣을 생각이었다고요. 두 사람의 시점에서 화자의 내면을 따라가다가, 다 읽고 나면 화자를 바라보는 독자의 관점이 전복되게끔…."

"꼭 퍼트리샤 하이스미스를 따라 하겠다는 말로 들리네."

문답은 그런 식으로 이어졌다. 내가 뒷걸음질 치며 방어하는 형국이었지만 제대로 되지 않았다. 노인은 무방비나 다름없는 내 명치에 연달아 매서운 주먹을 꽂아 넣었다.

"하드보일드 스타일을 쓰겠다고? 하드보일드를 읽어는 봤어? 대실 해밋, 레이먼드 챈들러, 로렌스 블록, 로스 맥도널드, 미키 스필레인은? 오야부 하루히코나 하라 료는? 자네, 하다못해 헤밍웨이나 카포티는 읽어봤나? 문장을 단문으로 쪼갠다고 하드보일드가 되는 건 아니야."

맹폭을 당한 끝에, 마침내 백기 투항했다.

"아, 결국 제가 생각했던 모든 게 진부하단 말인가요?"

"종이 낭비지."

"그럼 이건 어때요? 아예 파국을…."

"제발 그놈의 파국 타령 좀 집어치워. 그리고 자네는 왜 자꾸 규식이랑 주희를 같은 편으로 묶어서 생각해? 왜 두 사람의 욕망이 같을 거라 단정 짓지?"

노인은 마치 내가 소아성애자라도 되는 양 경멸 어린 시선을 보냈다. 혀를 차며 돌아서는 노인에게, 나는 한마디 대꾸도 하지 못했다. 마음은 너덜너덜 만신창이가 되었다. 왈칵 눈물이 쏟아져 급히 카페 홈즈를 뛰쳐나왔다.

집으로 돌아온 뒤에는 멍하니 누워만 있었다. 자책감, 수치심, 자괴감. 한동안 그와 비슷한 온갖 감정이 점액처럼 머릿속에 엉겨 있었다.

노인의 말이 말뚝처럼 뇌리에 박혔다. 주희의 욕망. 용암처럼 들끓는, 뜨겁고 새빨간 인간의 욕망.

고민 끝에 밀실 설정은 폐기했다. 한배를 탔던 규식과 주희를 따로 떼어내기로 했다. 각자의 목적을 향해 자유롭게 나아갈 수 있도록.

속는 셈 치고 노인의 조언대로 플롯을 뜯어고쳤다. 이야기를 밀고 갈수록 자신감이 붙었다. 훈풍처럼 좋은 예감이었다. 나는 피곤한 기색도 없이 새벽까지 작업에 몰두했다.

'일단은 광훈이 얘기로 이어가 볼까? 주희를 광훈이에게 보내서 거짓말을 하게 만들자. 그리고 사건이 어떤 식으로 흘러갈지 한번 보자고.'

규식과 작당을 한 주희는 광훈을 만나러 간다.

'그런데 주희가 갑자기 엉뚱한 얘길 꺼내는 거지. 규식이에겐 하지 않았던 얘기를.'

■ 범행공모자 주희

"나 낙태했어."

주희의 고백을, 광훈은 멍한 얼굴로 듣고만 있었다. 혹시라도 듣는 귀가 있을까 싶어 주위를 살폈다. 공원은 한산했다. 오가는 사람도 별로 없었다.

광훈이 물었다.

"임신했었다는 거, 나한테는 왜 말 안 했어?"

"네가 걱정할까 봐 그랬지."

"산부인과는 혼자 갔던 거야?"

광훈의 질문에 주희는 말없이 고개를 끄덕였다. 광훈은 죄책감에 몸 둘 바를 모르고 쭈뼛댔다. 그러나 주희가 진짜로 하고 싶었던 말은 그게 아니었다.

"그게 문제가 아니야. 규식이가 알아버렸어."

"어떻게?"

"병원에서 나오다 만났어."

주희는 고개를 떨어뜨리고 눈물을 훔쳤다. 그녀의 눈물은 가짜였지만 광훈은 그걸 몰랐다.

광훈은 분노와 자책으로 얼굴을 일그러뜨렸다. 그는 요령 없는 남자다. 상처 입은 연인을 위로해 본 적이 없었다. 연애를 하며 겪는 모든 일이 그에게는 처음이었다. 광훈은 그저 주희의 어깨를 감싸며 다독일 뿐이었다.

"아무 일 없을 거야. 걱정하지 마."

"어떻게 걱정을 안 해? 네 일 아니라고 대충 흘려듣지 마."

"흘려들은 적 없어. 미안해."

주희는 쩔쩔매는 광훈에게 슬그머니 미끼를 던졌다. 치밀하게 준비된 거짓말을.

"규식이가 돈을 달래. 비밀을 지켜주는 대가로. 이제 보니 내가 산부인과 들어갔다 나오는 걸 동영상까지 찍어놨더라고. 완전 악질이야. 이래도 내가 걱정 안 하게 생겼어?"

"얼마를 달래?"

"오백만 원."

액수를 들은 광훈이 나직이 신음 소리를 냈다. 오백만 원은 큰돈이 아닐지도 모른다. 그러나 그에게는 버거운 금액이었다. 다행히 광훈은 휴학생이었다. 알바를 하든 노가다를 뛰든, 반년이면 만들 수 있을 것 같았다.

그는 어지간하면 규식의 요구를 들어줄 생각이었다. 광훈은 이미 주희에게 월세 보증금을 빌려주었기 때문에, 거기에 오백 정도 더 없는다고 크게 달라질 것도 없었다.

주희와 사귄 지는 3년이 넘었다. 두 사람은 결혼까지 약속한 사이였다. 광훈은 주희를 진심으로 사랑하고 있었다.

물론 주희는 입장이 조금 달랐다. 광훈에게 프러포즈를 받던 날, 두 사람의 관계는 만료된 것이나 다름없었다. 주희는 그런 사람이었다. 그녀가 이런 일을 벌이는 것도 처음은 아니었다.

사정을 알 리 없는 광훈은 주희의 손등을 다정히 어루만졌다.

"나한테 얘길 하지. 오백이면 내가 어떻게든 마련해 볼 수 있었을 텐데."

"그걸 순순히 줄 생각이야? 달라는 대로 준다고 규식이가 멈출 것 같아? 잊을 만하면 같은 식으로 협박할 게 뻔해. 아, 차라리 너를 만나지 말걸. 이게 무슨 개망신이야."

주희는 복받치는 감정을 주체하지 못하는 것 같았다. 손바닥에 얼굴을 묻고 어깨를 들썩이며 울기 시작했다. 광훈은 주희의 등허리를 감싸며 토닥였다. 그는 그녀를 전적으로 신뢰하고 있었다.

다소 누그러진 주희가 말했다.

"아깐 내가 말을 잘못했어. 널 만난 걸 후회하진 않아. 그냥 너무, 막막해서 그랬어."

"일단은 달라는 대로 주자. 오백 정도는 내가 어떻게든 마련해 볼게."

"규식이가 약속을 지킬까? 어디 가서 소문이라도 내면 어떻게 해? 우린 이제 어떡하지?"

"너는 내가 책임질 거야."

"누가 그런 소리 듣고 싶대? 내 인생은 내가 책임져. 광훈이 너는 진짜 걱정이 안 돼? 소문이 퍼지면 내 평판은 걸레짝이 될 게 뻔한데?"

주희가 목소리를 높여 다그쳤다. 마치 이 모든 게 그의 탓이라는 듯. 광훈은 내심 억울했지만 주희의 심기를 불편하게 하고 싶진 않았다. 그녀에게 맹세하지 않았던가? 평생을 행복하게 해주겠다고.

"그 새끼, 어디 가서 함부로 나불대면 내가 가만히 안 둘 거야. 따끔하게 혼을 내줘야지. 규식이를 만나서 얘기 좀 해봐야겠어."

광훈은 호기롭게 주먹을 불끈 쥐어 보였다. 그의 적극적인 태도에 주희도 조금은 흥미가 생긴 듯했다.

그녀가 물었다.

"만나서 어쩌려고?"

"말로 타일러서 안 되면 두들겨 패서라도 입을 막아야지."

"호락호락하진 않을 거야. 규식이 상습범인 거 알아? 내가 아는 사람 중에도 걔한테 비슷한 일을 당한 친구가 있거든. 손기범이라고, 걔도 전에 너랑 똑같은 얘길 했어. 자기한테 규식이를 완전히 떨쳐버릴 좋은 계획이 있다고."

솔깃한 얘기였다. 광훈은 어둠 속에서 주희의 작은 어깨를 감싸 안고 그녀를 마주 보았다. 가로등 불빛이 그녀의 이마를 내리쬐었다. 반사광이 뺨을 따라 미끄러졌다. 매혹적인 윤곽이다. 초식동물처럼 유순한 눈매와 노랗게 빛나는 눈동자.

광훈은 절박함이 깃든 그녀의 얼굴을 바라보며 각오를 다졌다.

그가 물었다.

"어떤 계획인데? 내가 도울 수 있을까?"

"광훈이 너, 규식이랑 잘 알지?"

"잘 몰라. 학부 때 같은 동아리이긴 했는데."

"기범이 말이, 어려운 일은 아니래. 규식이를 아는 사람 한 명만 있으면 된다고 했어. 너 정도면 딱인 거 같아."

"내가 뭘 하면 돼?"

광훈의 질문에 잠시 고민하던 주희가 어렵사리 입을 열었다.

"규식이 연락처 있지? 너는 걔랑 술자리만 잡으면 돼. 진탕 마시고 취하게 만들면 네 역할은 끝이야. 규식이가 만취하면 그때 핸드폰이랑 아이클라우드를 싹 털어버릴 거야. 내가 찍힌 동영상은 지워버리고."

"내가 먼저 취하면 어쩌지?"

"그건 걱정하지 마. 규식이는 술이 엄청 약하거든. 그리고 네가 먼저 취해도 상관없을 거야. 어차피 굵직한 건 기범이가 알아서 할 테니까. 자는 사람 지문으로 핸드폰 여는 건 쉽잖아."

광훈 역시 술이 센 편은 아니었다. 그러나 같이 마시는 정도라면 큰 부담이 없었다. 마음에 걸리는 건 주희를 돕겠다는 그 남자의 정체뿐이었다.

광훈이 조심스레 물었다.

"그 손기범이라는 사람, 믿을 만해? 만나서 통성명이라도 해야 하는 거 아니야?"

"괜히 엮였다가 곤란해지면 어쩌려고? 점조직처럼 서로 모르는 편이 안전하지 않겠어? 뭐, 살인을 하자는 것도 아닌데 괜한 오바

같긴 하네.”

주희는 기대에 찬 눈으로 광훈을 바라보았다. 광훈은 한결 밝아진 주희를 보며 안도했다.

“네 말대로 할게. 걱정 마. 모든 게 잘 될 테니까.”

■ 노인에게 길을 묻다

〈짐승의 밤〉이란 제목으로 인터넷 연재를 시작했다. 연재처는 '브릿Z'라는 웹소설 플랫폼이었다. 대형 출판사 편집자들이 상시 모니터링하는 곳.

두 차례에 걸쳐 글을 올렸다. 반응은 기대 이상이었다. 2회 차 연재 후에는 추리/스릴러 부문 10위권에 안착했다. 종합 순위는 58위. 판타지가 강세인 신생 플랫폼임을 감안하더라도, 나로서는 깜짝 놀랄 호성적이었다.

며칠 뒤 호의적인 리뷰 하나, 중립적인 리뷰가 또 하나 달렸다. 댓글은 스무 개쯤 붙었는데, 대부분 다음 화가 기대된다는 내용이었다. 두어 개의 부정적인 반응을 빼면 나쁘지 않았다.

십 년 넘게 글을 써오며 이 정도로 반응이 좋았던 적은 없었다. 물론 서사의 작위성을 지적하는 사람도 있긴 했다. 그건 내 고질병이다. 기죽을 것 없이 차차 고쳐나가면 그만이다. 퇴고 후에는 크게 거슬리지 않을지도 모르고.

어쨌거나 독자가 있다는 건 큰 힘이 된다. 지난 십여 년의 습작기를 보상받는 기분이었다. 아주 허송세월은 아니었던 걸까?

몇몇 댓글에선 도움을 좀 받았다. 통찰력 있는 독자들은 주희 캐릭터에 몇 가지 첨언을 했다. 대부분 서사의 주도권을 쥔 그녀가 마음에 든다는 내용이었다.

흔해 빠진 팜므파탈로 소모되기에는 아까운 캐릭터. 공감은 어렵지만 호기심을 유발하는 인물. 그들이 보는 주희가 그랬다. 능동적으로 계획을 짜고 음모를 꾸미는 모습이 좋다는 사람도 있었다. 하긴, 주인공이 마음에 안 들었으면 굳이 댓글을 달지도 않았을 것이다.

사람들은 줄곧 소모품처럼 대상화되는 수동적인 여성 인물에 지쳐 있었다. 대부분의 작가들은 그 사실을 무시한다. 오늘날도 여전히, 소설에서 미모의 여인은 주로 시체 아니면 트로피가 된다. 자신의 욕망을 좇는 대신 서사에 부역하는 도구로써 소비된다.

나 역시 그걸 몰랐기에 습관적으로 팜므파탈을 남용하곤 했다.

숨넘어가는 미녀, 수동적인 음모자. 동기는 늘 사랑 혹은 질투. 그리고 그 끝에는 파멸이 있다. 자신이 수렁으로 밀어 넣은 남자의 품에 안겨 '당신을 사랑했어요' 따위 시시한 대사나 읊으며 퇴장하는 여자들.

나는 깨달음을 얻은 사람처럼 눈을 감고 노인을 생각했다. 결국 그가 옳았던 셈이다. 십여 년을 썼지만 나는 여전히 형편없는 작가

였다. 만약 내가 이번 장편을 성공적으로 마무리한다면, 그건 아마
반쯤 노인의 공일 것이다.

　며칠 뒤 카페 홈즈를 다시 찾았다. 그날도 노인은 구석에 앉아있
었다. 나는 노인 앞으로 커피 한 잔을 시켰다. 지난번 그가 마시던
따뜻한 아메리카노. 형편없는 작가 지망생이지만 나에게도 그 정
도 눈썰미는 있다.

　뚱한 얼굴로, 노인이 물었다.

　"이게 뭐야?"

　"감사하다는 말씀을 드리려고요."

　"소설이 잘 풀리는 모양이네."

　노인이 빈정댔다. 비죽거리는 그의 입술을 보자 고마운 마음이
싹 달아났다. 그래도 나는 예의를 지켰다. 노인에게 안목이 있다는
게 증명됐으니, 이젠 내가 그 솜씨를 배워야 했다.

　내가 대답했다.

　"온라인 연재 중인데 생각보다 반응이 괜찮아요. 제목은 일단
〈짐승의 밤〉으로 정했는데, 나중에 바꿀지도 몰라요."

　"그게 나랑 무슨 상관이라고."

　"어르신께서 맥을 짚어주지 않으셨다면 엉뚱한 방향으로 헤맬
뻔했습니다. 저도 모르게 전형적인 글을 쓰고 있더라고요. 음, 전
형적이라기보다는… 못 썼다고 하는 게 맞겠죠."

　"글에서 똥냄새가 나더라고. 읽은 게 많지 않아서 그래. 장르에
는 저마다의 문법이 있어. 백여 년의 역사가 누적된 결과지. 뭘

모르는 사람이 내키는 대로 글을 쓰면 십중팔구는 그걸 따라가게 되어있어. 이미 누군가가 써놓은 이야기의 재탕이 된단 말이야. 창의성은 허공에서 뚝 떨어지는 게 아니니까. 물론 어떤 사람들은 그걸 절대 인정하려 들지 않겠지만. 그러니 책을 더 많이 읽어야 해. 문법을 답습하지 않으려면 문법에 통달해야 하는 법이야."

노인의 장광설을 듣다 보니 부끄러웠다. 명색이 작가 지망생이면서, 정작 나 자신은 책을 별로 읽지 않았기 때문이다. 고작 한 달에 두세 권. 그마저도 의무감에 떠밀려 얇은 책만 골라 읽었다.

때문에 나는 노인의 말을 반박할 수 없었다. 나에게는 그의 주장에 반대할 만큼 방대한 독서 경험이 없었다.

그렇다고 남의 말을 빌려와 어깃장을 놓자니 궁색하고 유치했다. '문학상 출신 모 작가가 그러던데요? 책 많이 읽을 필요 없다고.' 설령 그게 사실이라 해도, 그런 말은 문학상을 받아본 사람만이 할 수 있는 특권이겠지.

짧은 고민 끝에 나는 노인을 존중하기로 마음먹었다. 그에게 정중히 가르침을 구하는 편이 나을 것 같았다.

내가 물었다.

"어르신 말씀대로 앞으로는 많이 읽겠습니다. 그래서 말인데요. 실례지만 지금 제가 쓰고 있는 소설을 읽어봐 주실 수 있을까요? 어르신의 고견을 듣고 싶어서요."

노인은 불쑥 성을 냈다.

"남에게 자기 초고를 들이미는 건 확실히 실례되는 일이지. 상대방 입장에서 생각해봤어? 인생은 짧고 좋은 책은 많아. 친분도 없는 지망생의 미완성 원고를 읽는 게 얼마나 시간 낭비야?"

"…죄송합니다."

"뭐, 그래도 트리트먼트 정도는 괜찮겠지."

노인은 헛기침을 하며 내 옆으로 자리를 옮겼다. 심술궂은 양반 같으니.

코끝에 돋보기를 걸고 노트북을 응시하는 노인의 태도는 제법 진중했다. 나는 졸지에 답안지를 검사받는 학생이 된 기분이었다. 괜히 어깨가 움츠러들고 오줌이 마려웠다.

노인이 말했다.

"주희가 두 사람을 속이고 있네. 뭔가 꿍꿍이가 있는 모양이지? 손기범이라는 인물은 다소 뜬금없다고 느낄 독자들도 있을 것 같아. 하지만 대담해. 비약적이지만 매력은 있어. 기왕 이런 식으로 쓸 거면 머뭇거리느니 차라리 뻔뻔한 게 낫지."

"규식과 광훈에게 각각 상반되는 정보를 흘린 거예요. 둘 사이에 소통이 없으니 결국엔 주희의 각본대로 충실히 움직이겠죠. 손기범은 후반부를 위한 복선이에요."

"주희의 목적은? 대체 왜 이런 번거로운 짓을 하지? 그걸 설명하지 못하면 설득력을 잃을 텐데."

"생각해 둔 게 있는데요."

나는 누가 엿듣는 양 목소리를 낮췄다. 내 설명을 들으며, 노인은 처음으로 미소를 지어 보였다.

노인이 말했다.

"비정하고 천박하네. 내게는 매력적인 조합으로 보여. 비정파 주인공이 꼭 숭고해야 할 이유는 없지. 그런데, 독자들이 주희를 받아들일 수 있을까?"

■ 계획살인범 주희

계획은 간단했다. 광훈과 술 약속을 잡고, 놈이 만취하면 주희에게 넘길 것. 그다음 일은 주희가 알아서 처리할 것이다. 작업은 강남역 근처에서 진행할 예정이었다.

규식의 평창동 자택에서 강남까지는 차로 30분 거리다. 대중교통을 이용하면 1시간이 넘게 걸렸다. 생각만으로도 피곤했지만 어쩔 수 없었다.

주희가 신신당부했다.

"후불교통카드 쓰지 마. 현금으로 표를 사도 소용없어. 매표창구에 카메라가 있을지도 모르니까. 요즘은 지하철 표도 전부 디지털이잖아. 일단 기록이 남으면 어떻게든 추적이 가능할 거야."

주희는 미리 사 둔 지하철 표를 건넸다. 며칠 전 그녀가 현금을 주고 산 표였다. 규식은 지하철 표를 받으며 고개를 주억거렸다.

"알았어."

"하나 더. 전화나 문자, 카톡도 안 돼. 나한테는 절대 연락하지 마."

주희의 냉정한 지시에 규식이 정색하며 물었다.

"왜? 내가 잡히면 너만 쏙 빠져나가게?"

주희는 바보 같은 질문이라는 듯 혀를 찼다.

"반대로는 생각 안 해봤어? 광훈이를 죽이는 건 나야. 내가 잡혔을 땐 너라도 빠져나가야지."

"그 생각을 못 했네."

"병신. 우리 둘이 공모했다는 걸 아무도 몰라야 한다고."

"알았어. 인정."

며칠 뒤, 공교롭게도 광훈에게 먼저 연락이 왔다. 별로 친하지도 않은 사이였는데, 간만에 술이나 한잔하자며 살갑게 구는 게 이상했다. 어찌 된 영문인지 주희에게 물었다.

주희는 미리 손을 쓴 덕이라며 말을 아꼈다. 광훈이가 그 자리에서 돈을 요구할 수 있으니 알아두라고도 말했다. 규식은 단번에 상황을 눈치채고 미소를 지었다. 그는 자신이 제법 영민하다 자부하는 사람이었다.

'주희가 광훈이에게 돈을 주겠다고 한 모양이군. 광훈이 자식, 그래서 목소리가 그렇게 들떠 있었구나.'

규식은 광훈의 어리석음을 마음껏 비웃었다.

'멍청한 놈. 주희 말을 곧이곧대로 믿다니. 돈을 요구하면 얼마든지 주겠다고 떠벌려야지. 어차피 넌 그걸 받기 전에 죽어.'

마침내 거사 일이 되었다. 광훈을 만나기로 한 날.

중간에 지하철을 갈아타고, 교대에서 마을버스로 갈아탔다. 버스는 만원이었다. 약속 장소로 가는 내내 더운 땀이 흘렀다. 규식은 새삼 자신의 E클래스 AMG가 그리워졌다.

광훈은 먼저 와서 기다리고 있었다. 강남역 근처 중식당에서 꿔바로우와 마파두부를 시켰다. 연태고량주도 큰 거로 추가했다. 광훈이 나서서 주문하자 규식은 일이 술술 풀린다고 생각했다.

'술을 못 하는 줄 알았는데. 내 기억이 잘못됐나?'

규식은 시침 뚝 떼고 광훈에게 물었다.

"뭘 이렇게 많이 시켜? 네가 사는 거냐?"

"그럼. 오랜만에 보는데 내가 사야지."

"못 보던 사이에 술이 늘었네?"

"몇 년 만에 만났는데 뺄 수 없지. 오늘은 너도 많이 마셔라."

광훈이 잔을 건넸다. 농담처럼 한 말을 흔쾌히 받아주는 그가 낯설었다.

'뭐 어때. 다시 볼 놈도 아닌데.'

두 사람 다 평소보다 많이 마셨다. 광훈은 여전히 술이 약했다. 술병을 반쯤 비울 무렵, 광훈은 만취해 곯아떨어졌다. 그제야 규식은 핸드폰을 꺼냈다. 트위터에 한 줄짜리 글을 올렸다.

[집에 가자.]

규식의 트위터 계정은 팔로워가 105명이다. 주희도 그중 한 사람이었다. 집에 가자는 트윗은 주희와 미리 정한 암호였다.

규식은 광훈을 부축해 거리로 나왔다. 길가에 서서 5분 정도 기다리자 주희의 차가 도착했다. 뒷좌석에 광훈을 뉘었다. 주희는 규식이 조수석에 오르자 차를 출발시켰다.

규식이 물었다.

"차 샀어?"

"엄마 차."

주희는 건성으로 대답하며 룸미러를 가리켰다. 룸미러에는 십자가 묵주가 대롱대롱 매달려 있었다.

"난 무교야."

주희는 강남역 앞에 규식을 내려주었다. 그의 임무는 여기까지다. 이제 택시를 잡아타고 집으로 돌아가면 그만이다. 만에 하나 경찰이 물으면 이렇게 답할 계획이었다. 기억이 나질 않는다고. 술에 취해 각자 택시를 타고 집에 갔다고.

주희와 광훈을 떠나보내기 전, 규식이 마지막으로 물었다.

"어디로 갈 거야?"

"광훈이네 집. 가양시 청삼동."

"조심해."

주희는 짧게 고개를 끄덕였다. 장난스러운 거수경례를 올려붙이고는 떠나버렸다. 그 뒤로 어떤 일이 벌어질지는 알 수 없었다. 흉기도, 목격자도 없는 살인. 그게 정말 가능할까? 규식은 집으로 돌아가는 내내 주희가 했던 말을 곱씹었다.

규식이 너, 마른미역으로 국 끓여본 적 있어? 마트에서 파는

거 말이야. 냄비에 마른미역 한 줌만 넣어봐. 그게 물속에서 얼마
나 불어나는지 모르지?

일단 광훈이를 취하게만 해. 걔는 술 취하면 누가 업어 가도
모른다니까? 그다음엔 나한테 넘겨. 걔 깨워서 한잔 더 할 거야.
안주로 미역을 잔뜩 먹이려고. 그게 뱃속에서 불어나면 토하지
않고는 절대 못 배기거든.

질식을 시키긴 할 거야. 베개로 눌러서. 미역이 기도로 넘어가기
만 바라고 있을 수는 없잖아? 어쨌거나 중요한 건, 광훈이가 죽은
이유가 토사물 때문인 것처럼 보여야 한다는 거야.

이거 뉴스 특종으로 딱이지? 만취한 이십 대 남자, 미역 먹고
자다가 구토 질식사.

■ 노인과 동행하다

연재는 착실히 진행되었다. 매주 새로운 회차를 업데이트할 때
마다 순위는 꾸준히 올라갔다. 두 달간 연재하다 보니 마침내 추리
소설 부문 1위, 종합 순위 10위권에 진입했다. 이야기가 절정에
이르렀을 땐 잠깐이기는 했지만 브릿Z 종합 순위 3위도 찍었다.
〈짐승의 밤〉은 그렇게 순항 중이었다.

물론 나 혼자 이룬 결과는 아니었다. 반쯤은 노인의 조언 덕이라

봐도 무방할 것이다. 노인에 대한 나의 신뢰는 나날이 높아져서, 언제부턴가 '그는 사실 은퇴한 편집자가 아닐까?'라고 생각할 정도였다. 귀인을 만난 기분이었다.

노인 역시 플랫폼의 반응을 주시했다. 나는 그가 사용하는 계정을 한눈에 알아볼 수 있었다. 노인의 아이디는 오르치 남작이었다.

"구석의 노인이라."

제법 유머러스한 작명이라 생각했다.

오르치 남작은 때때로 우호적인 댓글을 달거나, 작품의 의도를 풀이하곤 했다. 〈짐승의 밤〉의 순위가 오르면 노인 역시 기뻐했다.

물론 좋은 일만 있었던 건 아니다. 고정 독자가 생긴 만큼 고정 안티도 늘었다. 그들 중 일부는 매회 비난에 가까운 악플을 달았다.

노인도 처음에는 의연했다. 그러나 시간이 갈수록 노인은 눈에 띄게 초조해했고, 점차 신경질적으로 변해 갔다. 작품에 대한 비판은 곧 노인에 대한 비판이기도 했으니까. 언젠가는 악플러의 졸렬한 안목에 버럭 화를 낸 적도 있었다.

"이 소설이 여성 혐오적이라고? 여자가 악역으로 나와서? 그럼 꼭 새하얗게 표백한 여자들만 나와야 한단 말이야? 그건 마네킹이지 사람이 아니야. 멍청한 자식. 쥐뿔도 모르는 똥자루 같은 녀석. 능동적인 여성 악역이야말로 양성평등에 기여한다는 사실을 전혀 이해하지 못하고 있어."

나는 노인의 화를 풀어주려 무척이나 애썼다. 소설을 깔끔하게 마무리하려면 노인의 도움이 필요했다. 그가 평정을 되찾아야만 했다.

"관점이야 다양할 수 있죠. 너무 열 올리지 마세요. 이 작품을 좋아하는 사람이 더 많으니까요."

"소설은 완벽해야 돼. 독창적이되 이질적이면 안 되고, 익숙하되 진부해선 안 돼. 근데 이 새끼들은 내 소설을 틀에 넣고 호두과자처럼 찍어내고 싶은 모양이야."

나는 노인이 '내 소설'이라고 하는 것을 똑똑히 들었다. 몇 번 헛기침을 하고 노인의 말을 바로잡았다.

"제 소설이죠. 어르신께서 큰 도움을 주고 계시긴 하지만요."

"아, 그래. 물론 자네 소설이지. 나도 엉터리 작가 놀이에 엮이긴 싫거든. 지금 고매하신 독자 양반께서 자네 소설을 까고 있잖아. 얼른 가서 그놈 입맛에 맞춰 말랑하게 다듬어 줘. 주희의 모나고 거친 면을 사포로 깨끗이 밀어버리라고. 어디 얼마나 좋은 소설이 나오는지 지켜볼 테니까."

노인은 단단히 화가 났는지 오후 내내 말이 없었다.

그로부터 며칠 뒤, 깜짝 놀랄 일이 생겼다.

마침내 출판사에서 연락이 온 것이다. 브릿Z에서 〈짐승의 밤〉을 재미있게 읽었다고. 작가 지원 프로젝트로 내년 상반기에 출간하고 싶은데, 계약서를 보내도 괜찮겠느냐고 말이다.

나로서는 마다할 이유가 없었다. 마다하기는커녕 당장 출판사로 뛰어가 계약서에 도장부터 찍고 싶은 심정이었다. 첫 장편을 황금줄기에서 낼 수 있다니. 장르문학의 명가 황금줄기 출판사에서!

그렇게 〈짐승의 밤〉의 종이책 출간이 확정되었다. 그 사실이 게시판에 공지되자 구독자가 대폭 늘었다. 구독자에 비례해 비판도 늘었다. 당연한 일이다.

노인은 비판적인 댓글이 달릴 때마다 핏대를 올리며 화를 냈지만, 내 생각에 그건 오히려 감사할 일이었다. 어쨌거나 그들은 내 소설을 읽지 않았나? 욕을 하면서도 다음 회차가 올라오면 재빨리 피드백을 하지 않나?

피드백이 있다는 건 작가에게 축복이다. 그걸 받아들이는 태도에 따라 더 높은 경지로 나아갈 수 있기 때문이다. 그러나 노인의 꼬장꼬장한 자아는 일말의 비판도 수용할 여지가 없는 듯했다.

별수 있나. 나는 그저 소설을 무사히 완결하기만 기도할 따름이었다.

■ 사기꾼 주획

광훈의 시신은 일주일 후 발견되었다. 연락이 닿지 않는 것을 이상하게 여긴 가족이 청삼동 자취방을 방문하면서 그의 죽음은 세상에 알려졌다. 사인은 기도폐쇄로 인한 질식사. 술에 취해 엎드려 자던 광훈은 토사물에 질식해 사망한 듯했다.

처음에는 전국이 떠들썩했다. 며칠 뉴스에 오르나 싶더니, 사고

사로 결론이 나자 잠잠해졌다. 광훈의 죽음은 인터넷의 웃음거리가 되었다. 미역남의 죽음, 식욕이 부른 참극.

그의 죽음은 짤방이 되어 인터넷을 떠돌았고 사건은 그렇게 종결되었다.

그로부터 며칠 뒤. 규식이 먼저 주희에게 연락했다. 다짜고짜 술집에서 만나자고 했다. 주희가 도착했을 때 규식은 이미 반쯤 취해 있었다.

주희가 물었다.

"안 좋은 일이라도 있어? 왜 이렇게 폭음을 해?"

"너, 광훈이 얘기 거짓말이었지?"

주희는 두 눈을 동그랗게 뜨고 되물었다.

"왜 그렇게 생각해?"

규식은 테이블에 빈 술잔을 내려쳤다. 뻔한 허세였다. 겁에 질린 동물이 한껏 몸을 부풀리듯이. 핏발 선 규식의 눈을 본 자 누구라도 그의 두려움을 읽었을 것이다.

규식이 윽박질렀다.

"나를 바보로 아는 모양인데. 너, 광훈이한테 채무가 있었다며?"

"누가 그래? 인터넷에서? 뭐, 그런 댓글도 있긴 하더라고. PDF 떠서 고소한다고 하니까 금방 삭제되던데."

"사실이야? 진짜 돈 때문에 광훈이 죽인 거야? 날 이용해서?"

규식이 묻자 주희는 눈을 내리깔고 입술을 삐죽거렸다. 한 손으로는 연신 테이블의 얼룩을 문질렀다. 닦으려고 하는 것인지, 장난을 치는 것인지 알 수 없었다.

주희가 대답했다.

"난 몰라. 차용증이 있는 것도 아니고. 무슨 상관이야? 걔는 이미 죽었잖아?"

규식은 속았다는 사실을 깨달았다. 돌이켜보면 모든 것이 주희의 농간이었다. 사건 당일 주희가 했던 말조차 석연찮았다.

광훈이네 집, 가양시 청삼동. 어디로 가느냐는 질문에 주희는 그렇게 대답했다. 그런데, 주희가 광훈이 집을 어떻게 알지? 거긴 또 어떻게 들어간 거야? 규식이 묻자 주희가 대답했다.

"남자 친구 집 비밀번호 정도는 외워야지. 왜 자꾸 나한테만 그래? 누가 보면 자기는 깨끗한 줄 알겠네. 양다리 맞아. 나 그동안 광훈이랑 만났어. 사귀는 사이에 돈도 좀 오갈 수 있는 거 아냐?"

"내가 헤어지자 했을 때는 상처 받은 것 같더니, 그거 다 연기였어?"

"왜? 내가 진심으로 상처받지 않아서 자존심 상해? 여자 신세 망치는 데 페티시가 있나 봐?"

핏대를 세우는 규식에게, 주희가 이죽거렸다.

규식이 되받았다.

"돈 빌려놓고 죽이는 게 네 밥벌이냐? 아주 이별이 사업 밑천이구나?"

돌연 주희의 얼굴에서 웃음기가 사라졌다.

"네가 먼저 헤어지자 했을 때는 좀 황당하긴 하더라. 근데 규식
아. 그 덕에 네가 살아있는 거란 생각은 안 해봤어? 그 얘긴 이제
그만해."

"낙태 얘기도 전부 거짓말이었구나."

"응. 구라야. 미안."

주희는 대수롭지 않다는 듯 어깨를 으쓱 들어 보였다. 주희가
말했다.

"더 큰 문제가 있어. 기범 씨가 빌려준 보증금 때문에 말인데…."

"무슨 보증금? 기범 씨는 또 누구야?"

"전에 말 안 했나? 손기범 씨라고, 전부터 만나던 사람 있어.
연말에 결혼하자고 어찌나 보채는지."

"……."

"알다시피 내가 이사를 좀 자주 다니잖아. 돈이 필요해서 손기범
씨한테 빌렸단 말이야."

"그 얘길 나한테 왜 하는 건데? 꺼져. 앞으로 너랑은 다시 볼
일 없을 테니까."

규식은 자리를 박차고 일어났다. 주희는 피곤한 듯 눈을 비볐다.
믿는 구석이 있는지 태도가 차분했다. 떠나려는 규식의 손목을
주희가 붙잡았다. 돌아보는 그에게 주희가 말했다.

"그러지 말고, 우리 딱 한 건만 더 하자."

"무슨 미친 소리야?"

"네가 걱정돼서 그래. 내가 잘못되면 너도 망하는 거 알잖아?"

규식은 코웃음을 쳤다.

"내가 왜? 네 공범이라고 자백이라도 하시게? 미안하지만 너의 진술만으로는 내 혐의를 입증할 수 없어. 광훈이를 죽인 건 너야. 난 개랑 술이나 한잔 마셨을 뿐이고."

"그렇게 멋대로 굴면 안 되지. 생각 잘해."

"이제 나랑은 상관없어."

"왜 상관이 없어?"

주희는 휴대폰을 꺼내 녹음파일을 재생했다.

—죽일 방법은 있어?

—광훈이는 꽐라 되면 세상모르고 자잖아. 그때 해치우면 되지.

—경찰은?

—범행 도구랑 목격자. 이 두 가지만 없으면 되는 거 아냐?

—하자. 까짓것.

분명히 두 사람의 목소리였다. 똑똑히 기억한다. 광훈이를 죽이자고 모의했던 날이었다.

다리에 힘이 풀린 규식이 비틀거렸다. 주희가 그를 다시 자리에 앉혔다.

"놀랐어?"

"이걸로 입증할 수 있는 건 아무것도 없어."

"말은 그렇게 해도 속으론 찝찝하지? 네 군대 문제도 그렇고, 곧 총선도 다가오는데."

분위기가 차갑게 얼어붙었다. 주희는 인내심을 가지고 기다렸다. 마침내 침묵을 깨고, 규식이 물었다.

"내가 뭘 어떻게 하면 돼?"

주희는 환하게 웃으며 대답했다.

"나 요즘 기범 씨 때문에 너무 괴로워. 지난주에 그 사람 프러포
즈를 거절했거든. 그랬더니 내가 무슨 사기라도 친 것처럼 몰아붙
이더라니까! 돈 좀 빌렸다고 사람을 어찌나 보채는지, 못 살겠어.
나 이제 그 사람 그만 보고 싶은데, 도와줄 거지?"

■ 노인과 갈라서다

독자의 반응은 싸늘했다.

↳ 뭐야, 결국 돈 때문이었군요. 용두사미 같은데.

↳ 오백만 원에 사람을 죽인다는 게 정말 개연성이 있나요?

↳ 너무 뻔해요. 반전을 기대했는데.

↳ 반전 없는 게 반전.

지난 십 년, 나도 나름 이 바닥에서 산전수전을 겪었다. 어지간
한 댓글은 상처도 되지 않았다. 그러나 호의적이던 독자들의 침묵
만큼은 뼈아팠다. 잠이 안 올 지경이었다.

노인 역시 이렇게까지 냉담한 반응은 예상치 못한 듯했다. 노인
이 당황한 기색을 감추고는 있었지만, 속으로 애써 분을 삭이고

있다는 걸 알 수 있었다.

물론 나에게는 아직 기회가 남아 있었다. 소설은 끝나지 않았으니까. 독자의 의견을 겸허하게 받아들여 개선하면 된다.

문제는 노인이었다.

노인은 오르치 남작 계정으로 비판적인 피드백을 비방하기 시작했다. 자유게시판에 논쟁적인 글을 올렸다가 관리자에 의해 삭제된 적도 있었다. 그런 오르치 남작의 활약(?) 덕분에 트위터에서는 엉뚱한 루머가 퍼져 나갔다.

↳ 오르치 남작은 왜 그렇게 〈짐승의 밤〉을 싸고돌지? 뭔가 수상하다. 사실은 작가 본인이라든지?!

↳ 오르치 남작이 또라이인 건 맞는데, 장르 쪽으로 해박하긴 하더라고요.

↳ 아무래도 작가니까 읽어본 책은 많겠죠.

↳ 전에 〈짐승의 밤〉에 '내 소설'이라고 댓글 달았다가 지운 거 봤음. 흥분해서 말실수한 것임.

↳ 그럼 본인 맞네. 추하네요. 브릿Z 첫 계약 작가가 하필이면 그런 인간이라니.

처음에는 조용히 넘어갈 생각이었다. 가만히 엎드려있다 보면 루머가 잦아들 줄 알았다. 내 실수였다. 시간이 갈수록 소문은 걷잡을 수 없이 커졌다.

↳ 작가는 아무런 해명이 없네. 본인 맞는 듯.

↳ 찔렸나 봄ㅋㅋㅋ

그제야 나는 황금줄기 출판사에 연락을 취했다. 편집주간에게 상황을 적극적으로 해명했다. 소설에 과몰입한 지인이 실수를 한 모양이라고.

브릿Z 게시판에도 장문의 사과문을 올렸다. 내 잘못이 아니었지만 납작 엎드려 용서를 구했다. 오르치 남작 계정은 영구 정지를 먹었다. 한바탕 거센 폭풍이 지나갔다.

가장 두려웠던 건 계약이 무산될 가능성이었다. 다행히 계약은 지켜냈으나, 향후 같은 논란이 반복된다면? 그때도 무사히 넘어갈 수 있을지 장담할 수 없는 일이었다. 어떻게든 노인의 폭주를 막아야 했다.

한편으로는 그런 생각이 들었다. 어쩌면 노인의 관심사는 더 이상 내 소설이 아닌지도 모른다는 생각. 노인이 〈짐승의 밤〉을 통해 증명하고 싶은 건 오직 그 자신의 무오류성 아닐까?

소설에 대한 완고한 기준, 진정한 추리소설을 향한 교조적인 의지. 내 생각엔 그게 바로 노인이 앓는 병이었다.

나는 노인을 만나러 카페 홈즈로 향했다. 예상대로, 노인은 화를 내며 길길이 날뛰고 있었다.

"망할 놈들이 내 계정을 신고했어. 멍청한 브릿Z 놈들이 날 차단했다고!"

"어르신이 먼저 싸움을 걸었잖아요. 제발 진정하세요. 우리 소설에나 집중하자고요. 조만간 서점에서 〈짐승의 밤〉을 만나 볼 수 있을 거예요. 그러니 악플러는 그만 잊어버리세요. 걔들 떠드는 거 어차피 찻잔 속의 태풍이라니까요?"

"그래. 찻잔 속의 태풍이지. 하지만 출판시장은 찻잔보다도 작
아. 그래서 저런 엉터리들이 장르판을 망치는 거라니까? 제깟 놈
들이 소설에 대해 뭘 안다고."

"책이 나오기도 전에 논란부터 만들면 곤란해요. 홍보에 도움이
될 리 없잖아요? 일단은 소설부터 마무리하시죠. 편집주간도 얼른
완결을 내라고 하니까요."

나는 씩씩대는 노인을 달래 보았다. 노인은 특유의 고집스러운
얼굴로 고개를 흔들었다.

"계약은 없던 일로 하는 게 좋겠어. 이 수준으로 출판은 아직
일러. 설정을 바꾸자. 규식을 메인 악역으로 삼는 게 좋을 것 같아.
주희를 규식의 대척점에 놓으면 지금보다 훨씬 괜찮을 거야. 사람
들이 주희에게 이입하니까 그녀를 좀 더 공감이 가는 친근한 인물
로 바꾸는 거야."

노인의 말을 들은 나는 거의 비명을 지를 뻔했다. 미친 소리였다.
십 년 만에 얻은 기회를 내 발로 걷어차라니. 그러나 노인은 고집을
꺾지 않았다.

"아쉬워도 할 수 없어. 〈짐승의 밤〉은 아직 한참 부족해. 그건
참된 추리소설이 아니야."

나는 그 어느 때보다 크게 반발했다. 노인에게는 자존심이 더
중요할지 몰라도 나는 그렇지 않았다. 나에게는 〈짐승의 밤〉 출간
이 최우선이고, 모든 것이었다.

"계약을 걷어차자고요? 절대 안 돼요. 어르신, 지금 와서 소설을 수정하는 건 말이 안 돼요. 그렇게까지 고치려면 아예 다 갈아엎어야 한다고요."

"당연히 갈아엎어야지. 더 나은 작품을 위해서라면. 편집부에 통보해서 연재는 중단합시다."

"편집부에서는 지금 이대로도 괜찮다고 했어요. 물론 미진한 부분이 있겠죠. 하지만 퇴고를 하면 충분히 괜찮은 작품이라고요."

내가 노인에게 정면으로 맞선 것은 처음이었다. 그만큼 나도 지쳤고, 노인도 예민해져 있었다. 상황이 그렇다 보니 나는 더 이상 노인의 판단을 신뢰할 수 없었던 것이다.

노인은 불같이 화를 냈다.

"편집부가 뭘 알아? 돈 되는 글만 찾아다니는 하이에나들인데. 오줌 자국 누렇게 떠서 지린내가 진동하는 글이라도 팔리기만 하면 가죽 장정 양장본으로도 찍을 놈들이란 말이야. 장사꾼은 진실하고 참된 추리소설을 몰라."

"그 사람들은 출판 전문가예요. 전문가가 괜찮다면 괜찮은 거라고요. 어르신이 그렇게 잘 알면 직접 출판사 차려서 대박 내시지, 여기서 뭐 하시는 거예요?"

"누가 대박 따위 바란대? 돈 벌 생각이면 장사를 하지 글은 왜 써? 자네가 그러고도 작가야?"

다툼 끝에 나는 자리를 박차고 뛰쳐나왔다. 분을 가라앉히기 어려웠다.

나는 노인을 용서할 수 없었다. 그는 소설 때문에 욕먹는 걸 견딜 수 없었던 것이다. 고작 그런 이유로 출간 직전에 소설을 엎으려 하다니. 정작 자기는 아무것도 걸지 않았으면서. 소설에 이름을 건 사람은 나였고, 실제로 욕을 먹는 사람도 나였다.

〈짐승의 밤〉은 결말만을 남겨 놓고 있었다. 생애 처음 대형 출판사와 계약을 했는데. 완결까지 고작 한 회차가 남았을 뿐인데. 답답하고 화가 났다.

결국 마지막 회는 온전히 내 몫으로 남았다. 노인의 조언을 기대할 수 없는 지금, 어떻게든 스스로 마무리 짓는 수밖에 없었다. 나는 작가니까. 아직 제대로 된 완결작 하나 없지만, 어쨌거나 글을 쓰는 사람이니까.

■ 연속살인범 주희

규식은 자신의 E클래스 AMG를 천천히 몰았다. 구불구불한 시골길이라 평소처럼 속도를 낼 수 없었다. 조수석엔 주희가 타고 있었다.

"오른쪽 샛길로 들어가. 이제 다 왔어."

규식은 주희가 가리키는 방향으로 시선을 돌렸다.

거기에는 곰팡이 얼룩과 이끼로 뒤덮인 폐건물이 있었다. 페인트가 벗겨져 칙칙한 시멘트 블록이 그대로 드러난 상태였다. 석면 슬레이트 지붕은 세월의 세례를 받아 거뭇거뭇 삭아 있었다. 오랜 시간 방치된 창고였다.

규식이 물었다.

"손기범은? 도착했대?"

"응. 트렁크 열어줘. 짐 좀 챙기게."

규식은 안전띠를 풀고 차에서 내렸다. 허리춤에 손을 얹고 주변을 둘러보았다. 창고는 야트막한 산에 안긴 듯이 자리 잡았다. 길에서도 자세히 보지 않으면 찾기 힘든 위치였다.

손기범과 약속을 잡은 건 규식이었다. 그러나 그 역시 초행길이었다. 창고는 주희가 섭외했으니까. 직접 와서 보니, 주희가 이번 일을 치밀하게 준비한 게 틀림없었다.

그러나 규식은 되레 알 수 없는 불안을 느꼈다. 이상했다. 모든 것이 너무나 순탄했기 때문이다. 정말 손기범이 이렇게 외진 곳까지 찾아왔을까? 제 발로? 문득 인적 없는 낡은 창고가 함정 같았다.

주희는 뭐가 들었는지 모를 큼지막한 더플백 두 개를 내려놓고는 트렁크를 닫았다. 더플백을 건네는 주희에게, 규식이 다시 물었다.

"나도 따라가?"

"당연하지. 새삼스럽게 왜 그래?"

규식은 말없이 고개를 저었다. 식은땀이 흘렀다. 불길한 예감이 등줄기를 타고 올라왔다. 주희와 함께 손기범을 대면하는 것만은 도저히 내키지가 않았다.

규식은 언제라도 차를 돌려 도망칠 생각이었다. 경찰이 들이닥치건, 손기범이 도망을 치건, 그와는 상관없는 일이다. 어쩌면 발을 빼야 할 시기를 이미 놓친 건지도.

규식이 말했다.

"느낌이 안 좋아. 너 혼자 가서 처리하면 안 될까? 나는 여기서 기다릴게."

규식의 대답을 들은 주희는 낄낄대며 웃었다. 그녀는 어깨에 짊어진 더플백을 바닥에 내던졌다.

"왜? 양심의 가책이라도 받았니?"

주희가 몰아세우자 규식은 한발 물러섰다. 오늘의 주희는 평소답지 않았다. 예의 그 차분한 표정은 간데없고, 두 눈은 적의와 살기로 이글거렸다. 규식은 흥분한 주희를 진정시키려 했다.

"손기범을 풀어주자는 게 아니야. 이제 와서 물릴 수도 없잖아. 단지 내 손으로 사람을 죽이고 싶진 않다는 거야. 그동안 네가 시키는 대로 다 했어. 광훈이를 유인해서 네 앞에 던져줬잖아. 손기범을 미행해서 네 덫으로 몰아넣었고. 그만하면 내 몫은 다 한 거 아니야?"

"관두자. 내가 너한테 뭘 더 바라겠니."

주희는 허리춤에서 삼단봉을 꺼내어 펼쳤다. 위압적인 마찰음. 그때까지도 규식은 주희의 의도를 알지 못했다. 그저 멍청히 서서 그녀를 바라볼 뿐이었다. 규식은 더플백에 가득한 연장과 고문 도구가 오직 손기범만을 위해 준비된 물건이라 믿고 있었다. 주희가 그걸 규식에게 휘두르기 전까지는.

뭐라고 입을 떼려는 순간, 규식은 무릎에 격통을 느꼈다. 난생처음 겪는 고통에 비명을 지르며 바닥을 굴렀다.

뒤이어 무자비한 매질이 시작되었다. 주희가 휘두르는 삼단봉은 규식의 팔과 다리만을 집요하게 노렸다.

"울어봐. 어디 더 크게 울어봐."

주희는 깔깔 웃으며 규식의 팔다리를 부러뜨렸다. 골절된 부위가 부어오르기 시작했다.

그제야 간과하고 있던 통찰이 떠올랐다. 그것은 일종의 패턴이었다.

'광훈이가 어떻게 죽었지? 놈은 나를 사냥감으로 알고 있었다. 사냥감은 자신이었음에도. 그걸 몰랐기에 죽었다. 나는 손기범이 사냥감인 줄 알았다. 진짜 사냥감은, 나였나?'

그걸 몰라서 죽게 생겼군. 흐려지는 의식을 가까스로 부여잡으며 규식은 생각했다. 그 뒤로 후두부를 몇 대 얻어맞았다. 그게 그가 기억하는 마지막이었다.

***

규식이 눈을 뜬 것은 콘크리트의 거친 감촉 때문이었다. 입안에서 버석버석 모래가 씹혔다. 정신을 차리고 보니 얼굴을 바닥에 처박은 채 무릎 꿇은 자세였다. 몸을 일으키려 했지만 사지가 결박당해 여의치 않았다.

규식은 눈을 굴려 주위를 살폈다. 폐목과 잡동사니가 쌓여 있는 너른 공간. 천장에는 거미줄이 가득했다. 오래전에 버려진 창고 같았다.

고개를 돌리자 주희의 다리가 보였다. 그녀의 목소리가 들렸다.

"일어났어?"

"지금 뭐 하자는 거야?"

주희는 규식의 목덜미를 잡아 일으켜 앉혔다. 맞은편에는 살집이 통통한 남자가 벽에 머리를 기댄 채 널브러져 있었다. 이마에는 피와 멍 자국이 반점처럼 번져있었다. 잠을 자듯 편안한 모습이었지만 목의 각도가 어쩐지 부자연스러웠다.

주희가 턱짓으로 남자를 가리켰다.

"인사해. 저쪽이 손기범 씨. 맞다, 구면이지?"

규식은 고개를 끄덕이며 바닥에 침을 뱉었다. 타액은 피가 섞여 빨갛고 끈끈했다.

규식이 말했다.

"내가 여기로 유인했지."

주희는 코웃음을 쳤다.

"기범 씨는 널 유인하려 했던 거야. 어쩐지 일이 술술 풀린다는 생각 안 들었어?"

"다 끝났으니 됐잖아? 나한테 왜 이러는데?"

"장난해? 우린 아직 볼일이 남았잖아."

주희는 양반다리를 하고 규식과 마주 앉았다. 규식은 주희의 손에 큼지막한 날붙이가 들려있음을 알아채고 전율했다.

규식은 주희에게 목숨을 구걸했다.

"시키는 대로 했잖아. 원하는 게 뭐야? 돈이라면 얼마든지 줄게. 내가 사과하길 원해? 자, 날 봐. 정말 미안하다. 널 그렇게 내팽개치지 말았어야 했어. 주희야, 내가 너에게 죽을죄를 지었다. 이렇게 빌게."

규식은 무릎을 꿇은 채 머리를 조아렸다. 주희는 그저 무심한 눈으로 바라볼 뿐이었다.

규식은 콘크리트 바닥에 이마를 짓찧었다. 낡은 창고에 쿵쿵 소리가 울렸다. 이제 규식의 얼굴은 피와 땀, 눈물에 젖어 번들거리고 있었다.

마침내 주희가 자리를 털고 일어났다. 규식을 향해 칼을 빼 든 채였다. 극도로 예민해진 규식은 그만 바지에 오줌을 지리고 말았다. 눈을 질끈 감고 코맹맹이 소리로 흐느꼈다.

주희는 칼로 매듭을 잘라냈다. 그리고는 창고 구석으로 칼을 던져 버렸다. 양손이 자유로워진 규식은 멍하니 입을 벌리고 주희를 바라보았다.

저린 손목을 어루만지며, 규식이 중얼거렸다.

"그냥 풀어주는 거야?"

상황이 어떻게 돌아가는지 종잡을 수 없었다. 풀어줄 생각이었으면 애당초 왜 이런 일을 꾸몄단 말인가? 마음이 바뀌었나? 사과를 받아들여 자비를 베푸는 건가?

규식은 네발짐승처럼 땅을 짚고 천천히 몸을 일으켰다. 그러나 이내 주저앉고 말았다. 발목이 부러진 탓이다. 누군가의 부축을 받지 않고는 한 걸음도 움직일 수 없었다. 찡그린 채 신음을 삼키는 규식을 내려다보며, 주희가 말했다.

"봐줄게. 사실 네 입장이 이해가 안 되는 건 아니야. 사람이 살다 보면 까짓것, 서로 좀 이용해먹을 수도 있지 뭐."

"용서해준다니 고마워. 정말 고마워. 이제 나 좀 도와줘. 다리가 부러졌나 봐. 한 걸음도 움직일 수 없단 말이야."

주희는 냉담한 얼굴로 고개를 저었다. 주희는 규식을 내버려 둔 채 분주하게 움직였다. 건조한 창고 안에서 오랜 시간 바짝 마른 잡동사니 위로 먼지가 날아올랐다.

주희가 20리터 말통에 든 샛노란 액체를 뿌렸다. 휘발유 냄새가 났다. 마지막 한 방울까지 다 뿌린 뒤 통을 아무 데나 던져버렸다.

주희가 말했다.

"네가 날 떠나던 날도 난 아무렇지 않았어. 내가 광훈이를 떠나려 했던 것과 다를 게 없었으니까. 이제 와서 좀 얄궂은 얘기지만, 난 네가 합리적인 선택을 했다고 생각해. 다만 세상일이라는 게, 상대를 가려가며 까불었어야지."

주희는 지포라이터를 켜서 폐목 더미 위에 올려놓았다. 곧 잡동

사니로 불이 옮겨붙었다. 규식은 돌아서는 주희의 뒷모습을 보지
못했다. 탈진한 몸을 가누지 못하고 바닥에 쓰러진 탓이었다.

녹슨 철문이 굳게 닫혔다. 딱딱, 장작 타는 소리도 들렸다. 규식
은 소리 내어 울기 시작했다. 어깨를 감싸는 따스한 온기. 불길이
창고의 어둠을 몰아내고 있었다.

〈짐승의 밤〉 끝

■ 노인과 함께 사라지다

우여곡절 끝에 책이 나왔다.

한동안 나는 SNS와 카톡방에 홍보 메시지를 남기느라 분주했
다. 만나는 사람마다 책 얘기를 했고, 술자리마다 조촐한 사인회를
했다. 친구들이 팔아준 책만 50권이 넘을 것이다.

〈짐승의 밤〉이 2쇄를 찍었을 때, 직장 선배가 물었다.

"증쇄는 보통 몇 부나 해?"

"경우마다 달라요. 이번에는 2천 부 찍었다더라고요."

직장 선배는 깜짝 놀란 눈치였다.

"네 친구가 2천 명이나 돼?"

그럴 리가.

내 책은 시간이 지나며 자연스레 잊혔다. 평대에서 내려왔고, 지인들의 관심에서 멀어졌다. 포털에 책 제목을 검색해도 새로운 기사나 비평은 없었다.

하지만 나는 행복했다. 내가 느끼는 감정은 나날이 흐리고 무뎌졌지만, 적어도 내가 진심으로 행복했다는 기억만큼은 생생했다. 서가에 당당히 꽂혀있는 〈짐승의 밤〉은 내 기억이 사실임을 증명했다.

그 뒤로 한동안 나는 다음 작품을 쓰지 못할 거라는 두려움에 시달렸다. 엄밀히 말해 〈짐승의 밤〉은 완전한 내 소설이 아니라는 생각 때문이었다. 달라진 건 없었다. 나는 여전히 내가 진짜 작가임을 증명해야 하는 처지였다.

언제 나올지 모르는 내 두 번째 작품은 반드시 전작보다 뛰어나야 했다. 기획 역시 완벽해야 한다. 그것이 완벽한 소설을 위한 첫걸음이므로.

매일 아침 집 근처 카페로 향했다. 사제처럼 경건한 마음으로 신성한 의식이라도 치르는 양. 그렇게 하면 신탁이 내리듯 영감이 샘솟을 줄 알았다.

단언컨대, 나는 한 걸음도 나아가지 못했다. 몇 달간 단 한 문장도 쓰지 못했다. 제단포처럼 펼쳐놓은 무지노트는 의미 없는 낙서로 가득했다. 작품의 콘셉트와 포부를 나열한 그 메모에 쓸 만한 구석이라고는 전혀 없었다.

점점 조바심이 들었다. 그것은 공포의 전조증상이었다. 언제부

턴가 나는 스스로를 퇴물로 여기는 사람이 되어 있었다. 이제 막 커리어를 시작했을 뿐인데도!

문득 노인이 떠올랐다. 그가 부르짖던 진정한 추리소설. 어느새 나 역시 그 도그마에 사로잡히고 만 것이다. 노인이 앓던 진정성이라는 질병이 내게 옮겨 붙었다. 망령에 사로잡혀 방황하던 나는 카페 홈즈를 다시 찾을 수밖에 없었다.

노인은 여전히 그곳, 구석진 자리에 앉아 있었다. 나를 알아본 그가 혀를 차며 비웃었다.

"브릿Z에서 〈짐승의 밤〉 마지막 회를 읽어봤어. 내 기준에는 형편없었지만. 어때? 종이책으로 읽으니 좀 다르던가?"

노인이 내뱉는 모진 말이 내 상처를 후벼 팠다. 마음이 아파 나도 모르게 미간을 찌푸렸다. 내가 받은 고통이 고스란히 드러날 것을 생각하니 부끄러웠다.

그러나 동시에, 나는 노인이 뭔가를 숨기는 것을 보았다. 동작이 워낙 재빨라서 그답지 않았다.

그건 분명히 내 책이었다. 황금줄기 출판사, 〈짐승의 밤〉 초판. 노인은 내 책을 샀다는 사실을 들키고 싶지 않았던 것이다. 그래서 보고 있던 책을 슬그머니 가방에 집어넣으며 일부러 혹평을 한 것이다.

그제야 비로소 깨달았다. 추리소설에 대해서라면 모르는 게 없는 노인. 장르문학 전문가를 자처하는 저 노인은 그 무엇도 세상에 내놓은 적이 없다. 그에게는 진정한 추리소설이라는 도달 불가능한 목표가 있었으니까.

노인 역시 나만큼이나 절박하다는 사실을 왜 이제야 깨달았을까? 그 또한 작가 지망생이었다. 먼 길을 걷다 미아가 된 자.

나는 노인 또한 〈짐승의 밤〉을 자랑스러워한다고, 그 책의 저자 소개에 자신의 이름을 함께 올리지 못했음을 아쉬워하리라고, 내 멋대로 생각하기로 했다.

나는 노인의 질문에 대답했다.

"종이책으로 읽으니 확실히 달라요. 제가 쓴 책을 책장에 꽂아 놓으니까 정말 황홀하더라고요. 보람 있고, 행복했어요. 꿈이 현실이 되는 건 기적 같은 일이에요."

"그게 다야? 정말 그게 전부였다면 날 찾아오지도 않았을 것 같은데."

"그게 전부는 아니죠. 사실은, 감사하다는 말을 하고 싶었어요."

삐딱하게 몸을 돌리고 있던 노인은 그제야 내게 눈길을 주었다. 물기 어린 노인의 눈이 반짝반짝 빛났다. 나는 감히 노인의 마음을 읽었다고 확신한다. 그리고 나 역시 한때는 노인과 같은 생각이었다.

무궁무진한 추리소설의 바다로 떠나는 항해. 그 여정에 노인이 동행한다면 얼마나 든든할까? 노인은 장르 문법에 정통했다. 아마 그보다 유능한 항해사도 드물 것이다. 어쩌면 다음번에는, 진실하고 참된 추리소설을 완성할 수 있을지도 모른다. 우리가 함께한다면. 성공할 때까지 시도를 멈추지 않는다면.

그렇기 때문에, 나는 노인과 함께할 수 없었다.

나는 좀 더 먼 바다로 가고 싶었다. 내가 어디까지 닿을 수 있는지 시험해보고 싶었다. 외로운 길일 테고, 그래야만 의미가 있을 터였다. 그러기 위해 우선은 나에게 들러붙은 진정성의 망령을 떨쳐야 했다. 진정성은 노인이 택한 길일뿐, 나의 여정이 아니었으므로.

내가 말했다.

"새 소설을 쓰고 싶어요. 이번에는 추리 말고 다른 거요."

노인은 약간 실망한 기색이었다. 그러나 이내 고개를 끄덕이며 웃어 보였다.

"내가 괴팍하고 성질 더러운 노인네라 생각하지?"

"네."

"함께해서 즐거웠어. 여태껏 많은 책을 읽어왔지만, 한 권의 책이 탄생하는 과정을 지켜본 건 처음이야. 솔직히 재미없었다고는 말 못 해. 〈짐승의 밤〉을 잊지 못할 거야. 물론 자네는 아직 미숙한 작가지만… 응원할게."

우리는 서로를 바라보며 이지러진 미소를 지었고, 우리다운 방식으로 이별을 고했다.

끝으로 내가 물었다.

"어르신, 어차피 이 시장에 독자는 없어요. 팬덤만이 존재할 뿐이죠. 트위터 팔로워 오천 명만 있으면 똥을 싸도 중쇄를 찍는 세상이에요. 정말로 진정성이라는 게 존재한다고 믿으세요?"

노인은 침묵했다. 그가 다시 입을 열기까지 그리 긴 시간이 필요하진 않았다.

"대중에겐 취향이 없어. 그래서 금방 싫증을 내지. 취향은 경험에서 오는 거니까. 일 년에 소설 한 권 안 읽는 사람에게 소설 취향을 기대할 수 있을까? 그러니 대중을 어떻게 믿어? 내가 믿는 건 오직 이것뿐이야."

노인은 활짝 편 손바닥으로 왼쪽 가슴을 두드렸다. 노인의 중지 첫 마디엔 두꺼운 굳은살이 박여 있었다. 긴 시간 볼펜을 잡은 흔적. 노인의 손은 잉크 얼룩이 번져 파르스름했다.

문득 기시감이 들었다. 자신의 왜소한 가슴을 세차게 두드리던 노인. 그것은 결코 열정이나 욕망 같은 게 아니었다. 그리고 노인은 나 역시 같은 것을 가지고 있다고 말했다.

그것은 차라리 본능이었다. 바다가 있기에 배를 띄우는 것과 같은 마음일 것이다. 길이 있기에 걸을 뿐. 나무가 볕을 향해 가지를 뻗고, 깃털이 돋은 새가 홰를 치듯이.

노인은 자기만의 높은 성을 쌓았다. 그 안에서는 바깥세상의 이치가 작동하지 않는다. 오직 그 자신의 취향만이 모든 것의 기준이 되는 편협한 세상. 완벽으로의 도피.

취향이 견고해질수록 노인은 고독했을 것이다. 그렇게 세상에서 밀려나 망원동 카페 한구석으로 스며들었을 것이다. 그것이 노인이 택한 여정이었다.

나는 아무 말도 덧붙이지 않았다. 하고 싶은 말은 많았지만, 뱉을 자신이 없었다.

'나는 마치 날 때부터 작가였던 양 뻐기고 있구나.'

작가란 무엇인가? 참된 소설이란 무엇인가? 진정성이란 무엇인가? 나는 대체 무엇 때문에 작가가 되고 싶었던 걸까? 아무것도 알 수 없었다. 십 년간 작가 지망생이던 나는 이제 막 무명작가가 되었을 뿐이다.

나는 힘없이 돌아섰다. 노인은 아무 말도 하지 않았다. 노인을 등지고 있었지만 그가 내 뒷모습을 물끄러미 바라보고 있다는 걸 알 수 있었다.

카페 홈즈를 떠나기 전, 마지막으로 노인을 돌아보았다. 멍하니 창밖을 내다보는 그를 향해 내가 말했다.

"그거 아세요? 우리는 실패하지 않았어요. 우리가 쓰는 걸 멈추지 않는 한, 우리는 지지 않아요. 계속 쓰는 동안은 우리가 이기는 거라고요. 남이 보기에는 그게 아무리 엉터리 같은 글일지라도."

노인은 나를 외면했다. 고집스레 앙다문 입술과 달리 노인의 눈은 슬프고 애잔했다. 카페 벽면 서가를 가득 채운 동서고금의 책들을 바라보며, 노인은 무슨 생각을 했을까?

카페 홈즈 사장님은 조용히, 나와 노인의 빈 잔을 치웠다. 마치 처음부터 이곳에는 아무도 없었다는 듯이.

▌신원섭

글 쓰는 엔지니어. 2018년 장편소설 『짐승』을 출간, 영화화 진행 중.
사실은 코미디 작가다. 이를테면 이런 식으로.

 남자는 간병인이 예쁘다고 생각했다. 그래서인지 몰라도, 그의 회복
속도는 이례적이었다.
 "기억이 점점 돌아오고 있어요. 나는 아내를 태우고 운전 중이었죠.
뒷좌석엔 유아용 카시트가 있었어요. 내게 아이가 있었나요?"
 "그랬는지도 모르죠."
 "아내와 나는 사내커플이었어요. 내가 먼저 고백했죠. 웃는 모습이 참
예뻤는데. 마치 당신처럼요. 우린 사람들 눈을 피해 밤마다 데이트를
했어요. 그날 밤은 사거리에서 좌회전을 하는데⋯."
 "신호 위반한 버스가 들이받았죠."
 "알고 계셨군요? 내 아내는 어떻게 됐죠?"
 "죽었어요. 당신이 살아있는 것만 해도 기적이라더군요. 그런데요, 그
때 조수석에 타고 있던 여자는 당신 아내가 아니야. 당신 아내는 나지.
이제 기억이 나? 나는 회사 문턱에도 가본 적 없는 전업주부였잖아."
 마침내 남자는 자신의 기억이 돌아왔음을 깨달았다. 의사 말이, 고비를
넘겼으니 걱정할 필요가 없다고 했다.

카페 홉즈에 가면?

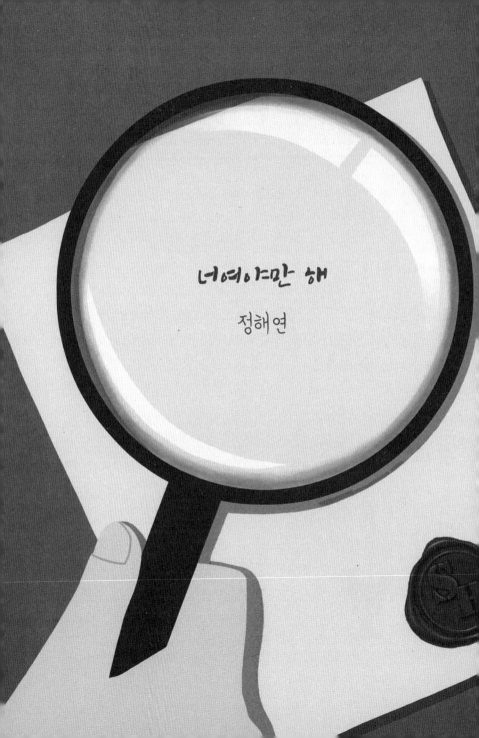

너여야만 해

정해연

1

아이가 들어온 것은 벽에 걸린 디지털시계가 이제 막 3시로 바뀌는 순간이었다. 그때 수정은 화장실에서 나오고 있었다. 오십 대에 접어들면서 새벽에도 화장실에 가는 일이 잦아졌다. 아주 예전 친정엄마가 두 시간에 한 번씩 화장실을 들락거리는 걸 보고 '화장실에서 애 젖먹이고 오냐'며 농담을 했던 것이 후회가 될 지경이었다. 역시 그 나이가 되어 보지 않고는 함부로 말할 일이 아니다.

"이 시간에 어딜 갔다 오는 거니?"

낮 3시가 아니다. 무려 새벽 3시다. 검은색 바람막이 점퍼의 후드를 꾹 눌러쓴 정모는 한눈에 보기에도 땀을 흘리고 있었다. 얼굴빛이 좋아 보이지는 않았지만, 늦가을 날씨에 왜 땀을 흘리는지, 어디가 아픈 건 아닌지, 같은 걱정보다는 또 무슨 짓을 하고 다니는 거냐, 는 소리가 목구멍을 먼저 치받았다.

그러나 잔소리를 하기도 전에 아이는 방으로 들어가려 했다. 엄마가 궁금해하며 서 있는 것 따위는 아무 상관이 없다는 태도다. 마치 허공에 날리는 먼지가 된 기분이다. 수정은 정모의 팔을 잡아챘다. 그 바람에 아이가 뒤집어쓰고 있는 점퍼의 후드가 뒤로 휙 넘어갔다.

"말 안 할래?"

목소리를 높였지만, 놀란 것은 오히려 수정이었다. 정모의 얼굴엔 핏기가 가셔 있었고 손목은 땀으로 찐득거렸다. 무슨 큰일이라도 난 사람처럼 휘둥그렇게 뜬 눈에는 벌건 핏줄이 서 있었다. 숨이 거칠었고, 눈동자가 허공의 어딘가로 황황히 헛돌았다.

정모의 몸에서 어렴풋이, 불 냄새가 났다.

"너….."

"이거 놔!"

고등학교 2학년, 열여덟 남자아이의 육체는 이미 성인에 가깝다. 몸의 두께도, 힘도 이미 완성되어 있다. 인중의 거뭇한 수염도 어제오늘의 일이 아니었다. 아들이 점점 수정이 모르는 누군가가 되어가는 것 같았다. 그리고 지금의 표정 역시 난생처음 보는 것이었다.

쫓기는 듯한 얼굴. 뭔가를 부정하고 싶어 하는 얼굴. 두려워하는 얼굴.

수정의 손을 뿌리친 정모는 허겁지겁 문을 닫고 방 안으로 숨어버렸다.

"무슨 일이야?"

남편 재호가 안방에서 나왔다. 잠을 방해받아서인지 미간이 구겨져 있었다. 남편의 시선이 아들의 방 쪽으로 향했다. 순간적으로 그의 얼굴에서 잠의 기운이 사라지고 서슬 퍼런 기색이 올라왔다.

"이제 들어온 거야? 이 새끼가….."

"아냐, 아냐. 물 마시러 나왔길래 뭐 좀 물어본 거야."

수정은 얼른 그의 앞을 막아섰다.

"뭘?"

되묻는 재호의 말에 수정은 말문이 막혔다. 남편은 걸핏하면 아들을 감싸고도는 수정을 맘에 들어 하지 않았다. 이번에도 괜히 감싸기만 하면 큰일 날 텐데, 하는 생각이 머리를 스쳤다. 하지만 적당한 변명거리가 순식간에 떠오를 만큼 순발력이 좋지도 못하다. 결국 수정은 대충 눙치며 재호의 등을 밀었다.

"지금 새벽 3시야. 내일 얘기해."

미심쩍어하는 남편이 침대에 누운 뒤 수정도 그 옆에 누웠다. 한참 만에 재호에게서 잠에 빠진 듯한 숨소리가 들려왔다. 하지만 수정은 잠들 수가 없었다. 대체 무슨 일일까.

묻는 말에 정모가 대답하지 않는 일은 허다했지만, 지금은 불길한 마음을 다스릴 수가 없었다. 눈을 감으면 아이의 창백해진 얼굴이 떠올랐다. 어둠 속에서 어렴풋이 불 냄새가 나는 것만 같았다.

'설마….'

말이 씨가 된다는 말처럼 생각조차 현실이 될까 두려워 수정은 얼른 고개를 내젓고는 눈을 감았다. 하지만 그것도 잠시, 수정은 곧 핸드폰을 켜고 인터넷 창을 열었다. 혹시 불빛 때문에 남편이 깰까 싶어 화면도 가장 어둡게 낮췄다.

화재, 서울….

검색해 보았지만 속보나 새로운 뉴스는 보이지 않았다.

'그래, 너무 과민한 거야.'

수정은 긴 한숨을 내쉬었다. 그리고는 어떻게든 잠이 들려고 눈을 감았다. 어둠 속에서 도사리고 있는 불안의 존재를 잊기 위해서였다.

아침이 시작되자마자 결국 터지고 말았다. 정모가 일어나지 않았기 때문이다. 문을 잠가 놓는 것은 남편이 가장 싫어하는 일이었다.

"일어난 것 다 알아! 당장 이 문 안 열어?"

첫마디부터 거칠게 나간 것은 아니었다. 노크를 했고, 이야기 좀 하자고 했고, 다시 노크. 몇 번이나 대화를 시도했으나 정모는 방문을 열지 않았다. 그래서 결국 이 사단까지 나게 된 것이었다.

남편의 언성이 점점 높아지고 있었다. 수정은 조바심이 났다. 두 사람의 싸움도 싸움이지만, 이 아파트는 방음이 좋지 않다. 저집 가정불화가 있나 봐. 동네에 그렇게 소문이 나는 것은 싫다.

"열쇠 가져와 봐!"

재호가 소리를 질렀다. 수정은 열쇠를 찾으러 가면서 귀를 기울였다. 이쯤에서 정모는 항상 빠끔히 문을 열었었다. 짜증이 나 죽겠다는 얼굴로 '왜?'하고 툭 내뱉듯 말했다. 마치 부르는 소리를 처음 들었다는 듯이.

뺨을 올려붙이지나 말았으면, 하고 생각하며 열쇠를 들고 와

정모의 방문 손잡이에 꽂았다. 덜컥 소리와 함께 문의 잠김이 풀린 그때였다.

초인종 소리가 울렸다. 반사적으로 시간을 확인했다. 아직 8시가 되려면 십 분이나 남은 시간이었다. 이렇게 일찍부터 누구일까. 갑작스러운 초인종 소리에 순간적으로 본 것은 인터폰 화면이나 현관문이 아니라 남편의 얼굴이었다. 재호 역시 수정을 보았다. 그의 얼굴에 불안의 기운이 서렸다. 먼저 움직인 것은 재호였다. 수정도 홀린 듯한 얼굴로 남편을 향해 걸음을 떼었다. 아직 정모는 문을 열지 않고 있었다.

"누구십니까?"

인터폰 버튼을 누른 재호가 물었다. 푸른빛을 내는 스크린은 복도에 서 있는 두 명의 남자를 비추고 있었다. 한쪽은 검은색 가죽 재킷을, 한쪽은 카키색 항공 점퍼를 입고 있었다. 둘 다 머리가 짧았으며 호리호리한 체격이었다.

둘 중 검은색 가죽 재킷을 입은 남자가 수첩 같은 것을 들어 화면에 비추며 말했다.

"경찰입니다. 잠시 문 좀 열어주시죠."

재호의 어깨가 흠칫 떨리는 것이 보였다. 그의 시선이 아직 닫혀 있는 정모의 방 쪽에 잠시 머물렀다. 그리고 나서야 천천히, 현관문을 향해 다가갔다.

남편이 문을 열러 가는 사이 또다시 '경찰입니다. 문 열어주시죠' 하는 소리가 들려올 것 같아 수정은 조바심이 났다. 이 아파트는 방음이 좋지 않다.

정모는 '라이터'라고 불렸다. 방화범이라는 뜻이다. 그따위 것도
이력이라면 정모의 이력은 총 세 번이었다. 아니, 걸린 것만 세
번이지, 화재가 크지 않아 무마시킨 것까지 합하면 몇 번인지 알
수 없다. 매번 '정말 다시는 안 그럴게'라고 약속해왔지만 수정은
이제 그 약속을 믿지 않는다.

처음 시작은 초등학교 5학년 때였다. 세 명쯤 되는 같은 반 친구
들의 책가방을 가져다가 불태운 일이 있었다. 불은 크지 않았지만,
불똥이 튀면서 정모가 화상을 입었다. 크게 야단치려 했지만 정모
는 울먹거리면서 그 아이들이 밉다고 했다. 이유를 말하지 않던
아이는 몇 시간 만에 말했다. 그 애들은 학교에서 열리는 시화전에
엄마가 꽃을 사 들고 왔다고.

학교에서는 가을 교내 축제를 맞아 반에서 뽑힌 작품으로 시화
전을 열어 전시했다. 그 작품 중에 정모의 것이 들어갔다는 것은
알고 있었지만, 발표회를 하는 것도 아니고 그저 복도에 세워두는
정도라 학교에 군이 가야 한다고 생각하지 않았었다. 게다가 당시
는 일을 하고 있었고, 남편과의 사이도 좋지 않았던 터라 수정은
심적 여유가 없었다.

연락을 받고 학교로 달려온 재호는 정모를 크게 혼내야 한다고
펄펄 뛰었지만 수정은 오히려 아이를 안아주었다. 마음이 아팠다.
얼마나 부러웠으면, 얼마나 불안했으면. 수정은 이 모든 일이 자신

의 탓인 것만 같았다.

두 번째는 중학교 1학년 때였다. 불이 난 것은 동네 인근의 전원주택 마당에 있던 개집이었다. 개가 불에 타 죽었고, 바람 때문에 자칫 불이 옮겨붙어 큰 사고로 이어질 뻔했다. 가족같이 키우던 개가 죽었으니, 실의에 찬 피해자는 크게 분노하며 합의를 해주지 않았지만 정모는 어렸다. 사회봉사 명령을 받는 것으로 일은 마무리되었다. 아이는 개가 자신을 물려고 해서 순간적으로 그랬다고 말했지만 강아지는 줄에 묶여 있었다. 가까이 가지 않았으면 위협을 당할 일은 없다. 하지만 수정은 왜 그랬냐고 묻지 못했다. 어쩌면 그때 두려웠을지도 모른다. 정모가 '그냥' 그랬다고 말할까 봐.

세 번째는 오토바이였다. 경찰에게서 연락을 받고 쫓아갔을 때 정모의 얼굴에는 상처가 있었다. 맞은 건지 부딪친 건지 알지 못했다. 정모는 단 한마디도 하지 않았다. 오토바이 값을 변상하고, 경찰에는 사춘기 아이니 봐달라고 사정하고, 허리를 몇 번이나 더 숙인 뒤에야 정모를 데리고 나올 수 있었다.

수정은 문득 그런 생각이 든다. 만약 정모가 불을 지르지 않고는 견딜 수 없는 미치광이가 되어 버린 거라면, 그것이 아이를 따끔하게 혼내지 않은 자신의 탓이라고 한다면, 나는 언제 아이를 돌려세울 수 있었을까?

첫 번째? 두 번째? 세 번째?

그리고 또 이번에는 어디에 불을 낸 걸까.

"김정모 학생 있습니까?"

"지금 자고 있는데…. 무슨 일이십니까?"

문을 열자 들어온 형사들은 신발도 벗지 않은 채 현관 앞에서 대뜸 정모를 찾았다. 무슨 일이냐고 묻는 재호의 얼굴에는 짙은 불안감이 서려 있었다. 방문 안쪽에서 덜커덕하는 소리가 났다. 아이는 자고 있지 않다. 형사들이 온 것도 알고 있다. 정모는 지금 방문 안쪽에서 바깥의 동태를 살피고 있을 것이다. 상상만으로도 수정은 비명을 지르고 싶었다. 만약 아이가 지금 그러고 있다면 그것은 정말 또 범죄를 저질렀다는 것이니까.

"우선 학생을 좀 보죠. 저깁니까?"

신발을 벗고 올라선 것은 검은색 가죽 재킷을 입은 쪽이었다. 그에게서 짙은 불 냄새가 났다. 조금 전 화재 현장에서 오기라도 한 것일까. 심장이 쿵쿵 뛰었다. 정모에게서 나던 불 냄새가 떠올랐다.

"아니, 잠깐만…."

남편이 막아서려 했지만 가죽 재킷 형사가 한발 빨랐다. 그는 문을 벌컥 열었다. 열린 문틈으로 정모가 보였다. 문에 귀를 대고 바깥 상황을 듣고 있었다는 듯한 자세 그대로였다. 수정은 온몸의 피가 씻겨 내려가는 것만 같았다.

"김정모 학생? 오늘 새벽 2시에 어디 있었지?"

"그게…."

정모는 새벽 3시에 집에 들어왔다.

"자고 있었어요!"

나선 것은 수정이었다. '그렇지?'라고 묻는 듯 수정이 보았지만, 그 시선을 정모가 피했다. 갈 곳을 잃은 수정의 시선이 다급히 남편에게로 향했다. 아내의 말이 거짓말임은 남편도 알고 있다. 재호는 말없이 이마를 짚었다. 어차피 통하지 않을 거짓말이라고 생각하는 것이다. 이번에도 정모가 사고를 친 거라고 생각한 것이다. 그래도 감싸지 않을 수가 없었다.

가죽 재킷 형사가 무덤덤하게 말했다.

"거짓말하시면 안 됩니다, 어머님. 시시티브이가 있어요. 너, 망원동에 있었지?"

입을 꾹 다물고 있던 정모가 간신히 고개를 끄덕였다. 수정은 다리에 힘이 풀리는 것을 느꼈다. 인생의 모든 것이 끝나는 것만 같았다.

"팀장님, 라이터와 검은 점퍼 찾았습니다. 시시티브이와 일치합니다!"

어느새 들어갔는지 항공 점퍼를 입은 형사가 아들의 점퍼를 들고 나왔다. 모든 것을 포기한 듯 정모의 목이 툭 떨어졌다. 가죽 재킷 형사가 수갑을 빼내 들었다. 잘그락거리는 소리가 유난히 차갑게 들렸다. 그가 아이의 손을 잡았다.

"살인 및 현존건조물 방화 혐의로 체포합니다. 당신은 묵비권을…."

"네?"

정모의 눈이 휘둥그레졌다. 말도 안 된다는 듯 되묻는 목소리가 날카롭게 거실을 흔들었다. 재호와 수정 역시 크게 한방 얻어맞은 듯한 표정이었다.

정모는 낚시꾼의 찌에 걸린 생선처럼 온몸을 펄떡거렸다.

"살인이라니…. 전 불만 질렀다고요!"

서에 가서 얘기하자고, 가죽 재킷 형사가 정모를 잡아당겨 팔짱을 꼈다. 아이의 손에는 이미 수갑이 채워져 있었다. 가죽 재킷 형사는 반항하는 정모를 끌고 현관 쪽으로 향했다. 수정의 옆을 지날 때 짙은 불 냄새가 났다.

수정은 그대로 혼절해 버리고 말았다.

2

"뭐래요?"

"아니라고 하지."

검은색 가죽 재킷을 입은 민광배 형사가 눈두덩을 꾹꾹 주무르며 회의실 철제 의자에 털썩 앉았다. 쓴웃음을 지으며 성윤준 형사가 그의 앞에 자판기에서 뽑은 캔 커피를 내려놓았다. 민광배는 고맙다고 힘없이 중얼거리며 오른손으로 캔을 잡고 왼손 엄지로 뚜껑을 땄다. 음, 소리를 내며 커피를 단숨에 마셨다. 달짝지근한 커피를 마시니 눈앞이 좀 맑아지는 기분이 들기도 했다.

민광배는 긴급체포한 용의자의 조사를 잠시 중단하고 휴식을 취하기 위해 나온 길이었다. 잠시 쉬어라, 말 한마디에 김정모는 말없이 책상에 머리를 묻었다. 그가 나오기 직전 김정모가 뭐라고 중얼거리는 것 같아 고개를 돌리자 원망스러운 눈길이 돌아왔다.

— 정말 불만 질렀다고요. 사람은 안 죽였어요.

"원래 단박에 내가 그랬소, 하는 놈도 별로 없지만….'

성윤준이 말끝을 흐리며 민광배의 눈치를 보았다.

"…정말로 죽인 범인이 따로 있는 게 아닐까요."

성윤준은 체포를 당하던 당시 김정모의 행동을 되짚어 보았다. 망원동에 있었냐는 물음에 고개를 끄덕이던 그의 얼굴은 거의 체념에 가까웠다. 그 아이는 모든 것을 다 인정하고 진술할 준비가 되어 있는 것처럼 보였다. 김정모는 방화 전력이 있어서 일찌감치 망원동 일대 연쇄방화사건의 용의자 리스트에 이름이 올라 있었다.

김정모의 입장이 반전된 것은 '살인 및 현존건조물 방화 혐의'라는 체포 이유를 듣고 나서부터였다. 그는 거세게 저항했다. 불을 지른 것은 맞지만 살인은 아니라고 했다. 그리고 그 입장은 체포한 지 만 10시간이 지난 지금까지도 유지되고 있었다.

"지금이 어떤 때인 줄 알고! 입장 정리 확실히 안 해?"

문이 벌컥 열리며 형사과장이 들어왔다. 성윤준과 민광배가 튕기듯 자리에서 일어났다. 형사과장은 시선으로도 너를 집어삼킬 수 있다는 듯 희번덕거리는 눈으로 성윤준을 노려보았다. 그 시선에 성윤준의 목이 셔츠 안으로 들어갔다.

"이번에도 헛다리면 어떻게 되는 줄 알아? 심지어 상대가 고등학생이야! 저렇게 가둬뒀다가 아유, 아니네요, 죄송합니다, 할 거야?"

형사과장은 부쩍 예민해져 있었다. 무리도 아니었다. 여론의 뭇매를 거세게 맞은 것이 불과 한 달도 되지 않은 일이었다. 그 일로 잘못하면 옷까지 벗을 뻔했다.

독특한 범죄는 시선을 끈다. 거기에 자극적인 발화점이 붙으면 사회적 파장은 커진다. 형사과장이 이름만 대도 파랗게 질려버리는 기억하고 싶지 않은 그 사건, 바로 예비 신부 살해 사건 때문이다.

피해자는 결혼식을 일주일 앞둔 예비 신부였다. 그날 아침, 함께 마사지 숍을 가기로 했던 피해자의 여동생이 집을 찾았다. 초인종을 몇 번이고 눌러도 대답이 없고 전화도 받지 않았다. 비밀번호는 알고 있었다. 번호를 누르고 문을 열었을 때 내부는 지옥이었다.

예비 신부는 이미 죽어 있었다. 칼에 난자된 복부에서 엄청난 피가 흘러 바닥을 적시고 있었다. 옆에는 예비 신랑이 있었다. 그도 엄청난 피를 뒤집어쓰고 있었기 때문에 함께 죽은 줄 알았다. 피해자의 여동생이 비명을 내질렀을 때, 예비 신랑이 깨어났다. 그는 피를 뒤집어쓴 채 눈을 껌벅이며 말했다.

"왜 그래, 처제?"

그것은 끔찍한 악마의 모습이었다고 그녀는 말했다.

예비 신랑은 아무것도 기억이 나지 않는다고 했다. 혼자 자기 무섭다고 해서 밤에 찾아왔고 같이 술 한 잔을 기울이긴 했지만 만취할 정도도 아니었다. 분위기는 좋았다고 했다. 누가 자신의 아내가 될 여자를 죽였는지 찾아달라고까지 했다.

하지만 주변 인물들에게 탐문한 결과, 두 사람의 사이가 좋지 않았다고 했다. '또야?' 싶을 정도로 매번 싸워댔고, 예비 신부가 파혼을 심각하게 고려했다는 진술도 나왔다. 시시티브이도 없는 원룸 건물이었고, 목격자도 없었다. 하지만 외부의 침입 흔적도, 저항흔도 없었다. 면식범일 가능성이 높다는 의견이 모아졌다. 둘이 있었고, 하나가 죽었다. 범인은 명확했다.

피해자 중 한 명이었던 그가 피의자 신분으로 바뀌었다. 자극적인 헤드라인을 붙인 기사가 보도되자 여론의 관심이 쏠렸다. 검은 점퍼의 후드를 얼굴 끝까지 눌러 씌우고 기자와 카메라들 앞에서 연행한 사람은 형사과장이었다. 수사 브리핑 역시 대대적으로 이어졌다.

그러나 결과는 처참했다. 그는 단순한 피해자였다. 사건 충격으로 기억을 잃었던 것이다. PTSD. 외상 후 스트레스 장애였다. 예비 신부가 파혼을 입에 담은 것도 결혼을 앞둔 예비 신부들에게서 흔히 볼 수 있는 행동이었다. 진범은 엉뚱한 데서 모습을 드러냈다. 뉴스가 나오는 것을 보고 교도소 동기에게 자랑스러운 듯 말한 것 때문이었다.

하지만 이미 예비 신랑의 개인 정보가 SNS를 통해 퍼지면서 악플을 비롯한 각종 포화를 맞은 뒤였다. 이후에는 경찰서장까지 카메라 앞에 나서 대국민 사과를 해야만 했다.

그 직후에 벌어진 십 대 청소년 방화 살인사건에 담당 형사인 민광배는 물론이오, 윗선까지 촉각을 곤두세우는 것도 무리는 아니었다.

"사인은?"

"경부 압박성 질식사입니다. 손으로 목을 조른 것 같습니다."

부검 결과 갑상선 골절이 발견되었다. 시신을 불에 태워 끈에 의한 목조름인지, 손에 의한 것인지 확인되지 않을 수도 있었지만, 정밀한 부검 끝에 부검의가 피해자의 목 근육에 찢긴 흔적을 발견했다. 울대를 기준으로 왼쪽과 오른쪽에 모두 같은 상처가 있는 점, 상처의 모양과 깊이가 두 개 모두 동일하다는 점, 두 개의 상처 간격을 종합해 볼 때 손에 의한 목조름이 추정된다는 의견을 받았다. 상처는 엄지손톱에 의한 것이었다. 압박하는 힘이 너무 강해 손톱이 목 근육을 깊이 파고든 것이다.

"강간은?"

"없었던 것으로 추정된다고 합니다."

못을 박듯, 형사과장이 힘주어 말했다.

"이번에는 반드시 그놈이어야만 해."

민광배가 말했다.

"걱정 마세요. 시시티브이도 있고, 무엇보다 제가 목격자 아닙니까."

***

미리 시동을 걸어둔 차의 내부는 따뜻했다. 그는 어린 시절 방 안으로 가지고 들어온 눈사람처럼 후루룩 녹듯 시트에 몸을 묻었 다. 피로가 전신을 덮쳤다. 눈이 욱신거렸다. 깊이 숨을 들이켠 뒤 길게 내뿜었다. 아직도 몸에 탄내가 미세하게 남아 있었다.

김정모를 본 것은 천운이었다.

근래 이어지는 크고 작은 방화는 한 사람이 벌인 것으로 추정되 었다. 방화의 장소가 망원동으로 집중되어 있었고, 벌어지는 시각 과 방식이 일치하기 때문이었다. 주로 새벽 시간대에 벌어지는 방화는 휘발유를 이용하고 있었다. 검은 점퍼를 뒤집어써 시시티 브이에 찍혀도 신원 확인이 어려웠고, 방화 지역 이후에는 어느 곳 시시티브이에도 잡히지 않아 망원동 일대를 잘 아는 인물로 파악되었다. 무엇보다 망원동 일대에서 연쇄적으로 벌어진 방화 임을 미루어 볼 때 이동 수단이 없는 인물로 추정했다. 그래서 망원동에 살고 방화 전력이 있으며 차가 없는 십 대 청소년 김정모 가 용의자 리스트에 올랐던 것이다.

하지만 처음부터 김정모가 유력 용의자는 아니었다. 조건에 맞 는 방화 전력을 가진 용의자만 여덟 명이었다. 그들에 대한 조사가 이루어지는 동시에 추가 범죄를 막기 위한 순찰 강화가 이루어지 고 있는 상황이었다.

어제는 비번이었다. 차를 몰고 도로를 지나가던 그의 눈에 김정모가 보였다. 김정모는 마침 집에서 나오던 길이었다. 새벽 1시의 외출. 검은 점퍼의 후드를 뒤집어쓰고 연신 주변을 둘러보며 주변을 경계하고 있었다.

'저놈이다.'

순간 그런 생각이 들었다. 그는 멀리서 김정모를 쫓았다. 온몸의 세포가 긴장했다. 따라붙은 지 20분이 지났을 즈음, 아쉽게도 김정모를 놓쳤다. 골목길 안으로 들어간 탓이었다. 걸어가는 사람을 차로 쫓다가 들킬 가능성이 커 멀리서 쫓아갔기에 어느 골목으로 들어간 것인지 제대로 보지 못했다. 그로부터 10분가량, 그 지역을 샅샅이 돌아다녔지만 별일은 일어나지 않았다. 김정모가 아닌 걸까. 단순한 십 대 청소년의 새벽 외출이었을까. 그런 생각이 들 때였다. 멀지 않은 곳에서 연기가 피어올랐다. 곧장 액셀러레이터를 밟았다.

화재가 발생한 곳은 망원동의 폐창고였다. 페인트 공장의 물류창고로 쓰이다 부도 이후 매각이 진행되고 있던 곳이었다. 내부에는 페인트를 비롯해 발화 물질들이 상당수 남아 있었다. 당연히 화재가 크게 번질 것이었다. 창고 옆은 민가였다.

창고에 도착하자마자 민광배는 그대로 차를 몰고 창고 안으로 들어갔다. 발화점은 창고의 가장 안쪽이었다. 나중에 들어보니, 가장 안쪽에는 남은 페인트 통들이 쌓여 있었고 거기에 휘발유를 붓고 불을 낸 것이라고 했다. 덕분에 불이 급속도로 번져 민광배는 차를 후진해 창고를 빠져나온 직후 119에 신고했다.

스스로 진화를 포기하고 후진했으니 망정이지 잘못하면 불길에 휩싸였을 거라고 출동한 소방대원이 말해주었다. 인화 물질에 붙은 불 때문에 폭발이 있었기 때문이었다.

시신이 발견된 것은 어느 정도 진화가 마무리된 후였다.

처음에는 사람인 줄 몰랐다고 했다. 시신을 발견한 화재조사 대원은 그것이 어느 창고에나 익히 있는 폐자재 중 하나인 줄 알았다고 했다. 하지만 시커멓게 타버린 그 덩어리는, 사람이었다.

김정모는 자신이 불을 지른 것은 맞지만, 살인은 하지 않았다고 끝까지 주장하고 있었다. 불을 지르러 가기까지의 과정을 설명할 때는, 처음부터 불을 지르기 위해 집에서 출발했다고 하다가, 슈퍼에 가는 길에 강한 방화 욕구가 들어 그쪽으로 갔다고 번복하더니, 끝내는 귀에서 누군가의 명령을 들었다고 했다. 정신병에 의한 방화를 주장하고 싶은 것으로 보였다. 하지만 살인에 대해서만큼은 수사 초기부터 일관된 주장을 펼치고 있었다. 시신이 왜 발견됐는지, 그게 누구인지도 자신은 모른다고 했다.

시시티브이에서도 김정모가 사람을 끌고 들어가거나 시신이 담겼을 것으로 추정되는 가방을 가지고 있는 모습은 찍히지 않았다. 창고 안에서 김정모를 만난 이후 사건이 터졌을지도 모른다는 가정하에 시시티브이를 분석했지만, 사망자로 추정되는 인물이 창고 안으로 들어가는 장면도 찾을 수 없었다. 피해자가 폐창고 안에 어떻게 들어갔는지, 피해자를 죽인 뒤 옮겼다면 대체 어떻게 안으로 옮길 수 있었는지를 밝히는 것이 사건 해결의 분수령이었다.

민광배는 주택가 골목 안으로 차를 진입시켰다. 밤늦은 시간인지라 이미 이면도로 옆으로 차가 빼곡히 주차되어 있었다. 집을 지나쳐 한참이나 내려간 끝에야 겨우 한자리를 찾아 댈 수 있었다.

차에서 내려 걷기 시작했다. 몸이 무거웠다. 오늘따라 집이 멀게 느껴졌다. 빨리 집으로 돌아가 뜨거운 물에 몸을 담근 후, 깊은 한숨을 내쉬고 싶었다. 그러면 피로가 단숨에 씻겨 내려갈 것 같았고, 아까부터 맴도는 탄내를 벗을 수 있을 것 같았다.

익숙한 낡은 철문이 눈에 들어왔다. 그는 삼 년 전 이 집으로 이사 왔다. 선세였다. 낡은 단독주택이지만 눈 씻고 찾아봐도 없을 전세 조건이었기 때문에, 주변 편의 시설이나 집 상태 같은 것은 따지지도 않고 바로 계약했다. 아는 인맥을 동원해 부동산에 미리 언질을 넣어두지 않았다면 이나마도 계약할 수 없었으리라.

민광배는 자동차 키에 달린 집 열쇠를 대문에 꽂았다. 철컹, 하고 열리는 소리가 유난히 크게 들렸다. 잠복 때문에 차에서 빵으로 끼니를 때우고, 밤을 새우며 일해도 서울에서 아파트 한 칸을 살 수 없었다. 한때는 정의로운 형사를 소망했던 그의 꿈은 어느덧 아파트를 사는 일이 되어 있었다.

"오셨어요."

문을 열자 그의 아들 윤후가 인사했다. 더없이 무미건조한 음성이었다. 손에는 컵을 들고 있었다. 그가 느닷없이 문을 열자 분명 움찔했다. 음료수를 담아 방으로 들고 들어가다가 딱 마주치자 어쩔 수 없이 인사하는 모양새였다. 마주치기 싫은데 재수 없이 걸렸다, 라는 표정이 얼굴에 여실히 드러났다.

"응."

민광배는 신발을 벗고 거실 안으로 들어가며 짧게 대답했다. 거의 열흘 만이던가. 이틀 전 오랜만에 집에 왔을 때는 아들을 만난 기억이 없다.

윤후는 고개를 꾸벅 숙이고는 제 방으로 들어갔다. 콕, 문을 닫는 소리가 왠지 귓전을 때리며 신경을 곤두세웠다. 바로 귀 옆에서 누군가 징이라도 친 것처럼 그는 인상을 찡그렸다. 아들의 방에서는 푸른빛이 새어 나오고 있었다. 또 방의 불을 꺼놓고 게임에나 빠져 있었을 것이다. 해골 무늬가 그려져 있는 검은색 티셔츠도 그의 신경을 거슬렸다. 밖에서 돌아와 옷도 갈아입지 않고 대체 뭘 했는지 모르겠다. 무엇보다 상의는 제 몸보다 두 배나 크게 입고, 바지는 찢어질 듯이 밀착되는 걸 입는 게 무슨 패션인지 이해할 수 없다. 방학이라고 뚫은 귀를 봤을 때는 자기도 모르게 귀를 잡아당겨 귀걸이가 떨어져 나갔다. 그 일로 아들은 눈이 뒤집힌 채 처음 보는 얼굴로 소리를 질러댔다. 어찌나 사나운지 범인들을 잡아 취조하는 것을 생업으로 삼던 자신조차 뒷걸음질 칠 정도였다. 결국 민광배는 윤후의 얼굴에 따귀를 올려붙이고 나서야 아들의 발광을 멈추게 할 수 있었다.

어릴 때는 이렇지 않았다. 말도 잘 듣는 편이었고, 뭘 사달라고 조르기는 해도 마트에서 드러눕거나 하는 일도 없었다. 애교가 없어 아쉬웠지만 남자아이라서 그렇다고 생각했다. 초등학교 6학년, 그때부터 뭔가 어긋나기 시작했다. 덩치가 갑자기 커지면서 비슷한 아이들과 어울렸는데, 민광배는 그것이 문제의 시작이라고 생각하고 있다. 친구를 잘못 사귄 것이다.

그는 안방을 향해 걸음을 옮기다 문득 윤후의 방을 돌아보았다. 닫힌 문 저 안에는 아들만의 세상이 있다. 그 세상은 절대 자신이 이해할 수 없을 거라는 생각이 들었다.

그는 어둠 속에 선 채로 뭔가 능력이 생겨 저 아이를 다시 정자로 되돌릴 수 있다면, 하고 생각한다. 그렇게 되면 절대, 맹세코 평생, 두 번 다시 정자를 뿌리지 않겠노라고 다짐했다.

***

"망원동 화재 현장에서 발견된 시신의 신원은, 사건 현장 인근 여고에 다니는 십 대 여학생으로 밝혀져 충격과 안타까움을 자아내고 있습니다."

잠이 깬 민광배가 안방에서 나왔을 때 아내 윤숙은 티브이 앞 소파에 앉아 있었다. 민광배가 나오는 소리를 듣지도 못했는지 고개조차 돌리지 않았다. 티브이 화면은 어느덧 사건 현장을 보여주고 있었다. 통제를 해도 카메라로 줌인해 찍다 보니 창고 내부까지 여실히 나왔다. 사건 현장을 보는 유가족의 심정 같은 것은 생각지도 않는 듯했다. 윤숙은 마치 자신이 거기에 서 있기라도 한 듯 심각한 얼굴로 티브이에 집중하고 있었다. 민광배의 얼굴이 짜증스럽게 일그러졌다. 민광배는 성큼 걸어 소파 앞 테이블에 놓여 있던 리모컨을 집어 들고는 일언반구도 없이 티브이를 꺼버렸다. 아내가 눈을 휘둥그렇게 떴다.

"언제 왔어?"

기가 막혀 허, 하는 소리가 났다.

"남편이 언제 나가고 들어오는지도 모르지?"

"방을 따로 쓰니까 알 리가 있나."

이 집에 이사 오면서부터 민광배는 아내와 방을 따로 쓰고 있었다. 처음에는 어색했는데 이제는 혼자 자는 것에 익숙해졌다. 잠버릇 문제로 각방을 쓰는 부부는 흔하다고 들었다. 하지만 두 사람은 그것만이 아니었다.

이혼의 유예.

아들이 대학에 갈 때까지만, 어쩌면 결혼을 할 때까지만, 어쨌든 사회의 구성원으로 비뚤어지지 않고 안착할 때까지만 이렇게 살자고 한 것뿐이었다. 하지만 이미 비뚤어져 제멋대로인 아들이 과연 안착할 수 있을지는 알 수 없다.

밤새 화장을 지우지도 않았는지 윤숙의 얼굴은 부자연스러울 정도로 번들거렸다. 그늘이 생길 정도로 길게 붙인 눈썹은 반쯤 떨어져 있었고, 아이라인도 그대로 남아 있었다. 거실 구석에 아무렇게나 벗어 던진 옷이 구겨져 뒹굴고 있다. 처음 봤을 때 '이 추운 날 저런 게 입고 싶을까?' 하는 생각이 들 만큼 짧고 몸에 밀착되는

원피스였다. 옷, 네일아트에 쏟아붓는 돈, 화장, 생활 태도…. 하나
하나 나열할 수도 없을 만큼 아내의 모든 것을 민광배는 이해하지
못했다.

"집에 없었던 게 아니고?"

돌아보는 윤숙의 눈빛이 경멸로 떨렸다.

"무슨 뜻이야?"

"아무리 이혼한 사람처럼 자유롭게 살자고 했지만 너는 여전히
윤후 엄마라는 뜻이야."

"내가 아니라고 했어?"

"아니라고 한 적 없으면 애 좀 잘 돌봐. 쓰레기처럼 굴러다니게
하지 말고."

"뭐?"

윤숙의 목소리가 떨렸다. 하지만 민광배는 몸을 돌려버리는 것
으로 대화의 종료를 통고했다. 지난 삼 년, 아니 그 훨씬 이전부터
아내와는 대화를 길게 해서 좋은 적이 단 한 번도 없었다. 이것도
대화라고 할 수 있는지 모르겠지만.

민광배는 욕실로 향했다.

"거기 윤후…."

윤숙의 말은 민광배가 욕실의 문을 연 것과 거의 동시였다. 욕실
은 이미 아들이 사용 중이었다. 열기가 가득 담긴 몽롱한 눈으로
윤후는 민광배를 빤히 응시했다. 무릎까지 바지를 내리고 한 손으
로는 세면대를 잡고 엉거주춤 서 있는 채였다. 윤후의 다른 한

손은 성기를 쥐고 있었다.

민광배는 자기도 모르게 문을 쾅 닫았다.

정신이 들자 곧 욕지거리가 뱉어졌다. 딱딱한 덩어리가 명치를 막고 있는 것 같았다. 저 새끼가, 문 하나 너머에 제 엄마가 있는 데…. 그런 생각 뒤로 분노가 치받았다.

"이 새끼가."

오물을 뒤집어쓴 기분이었다. 피가 거꾸로 솟았다. 이를 악무는 것과 동시에 참아볼 생각도 없이 화장실 문을 걷어찼다. 뭔가 떨어져 나가는 소리가 들리면서 문이 벌컥 열렸다. 쾅, 소리에 놀란 윤숙이 비명을 지르며 돌아보았다. 윤후는 어느샌가 바지를 제대로 입고 있었다. 그러거나 말거나 아들의 멱살을 우악스럽게 움켜쥐고 잡아당겼다. 그 반동에 윤후의 몸이 거실로 나동그라졌다.

"당신 뭐 하는 거야!"

윤숙이 달려와 민광배를 밀쳤다. 그리고는 윤후를 부축해 일으키며 괜찮냐고 물었다. 아들은 제 엄마의 손길도 기분 나쁜지 대답 없이 윤숙의 손길을 내밀었다.

"왜 그러는 거야, 갑자기!"

윤숙이 항의하듯 소리쳤지만 설명할 기분이 나지 않았다. 민광배의 가슴은 여전히 씨근덕거렸다. 내뱉지 않고는 견딜 수 없는 뜨거운 불덩이가 뱃속에서부터 치밀어 올랐다. 그것은 윤후의 눈동자를 보고 폭발했다. 흘끗 올려다보는 시선은 분명 반항이었다. 민광배는 조절하지 못하고 발을 들어 아들의 얼굴을 무참히 밟아버렸다. 퍽, 소리와 함께 머리가 땅바닥에 부딪는 소리가 들렸다. 어지러운지 윤후는 금방 눈을 뜨지 못한 채 새우처럼 허리를 굽혔다.

"차라리 날 죽여! 날 때리라고. 윤후한테 그러지 말고!"

윤숙이 울고불고, 작은 주먹으로 민광배의 등과 어깨를 때리며 원망을 퍼부어 댔지만 그런 소리는 하나도 들리지 않았다.

"작은아버지한테 전화해 놓을 테니까 중국에 가. 가서 학교를 다니든 미친 새끼가 되든 네 맘대로 해."

"눈앞에서 사라지라는 거지."

쓰러져 있던 윤후가 정신이 들었는지 픽, 웃으며 상체를 일으켰다. 그 웃음은 마치 땅에 침을 뱉는 것과 다를 바가 없어서 다시 한 번 민광배의 신경을 긁었다.

"그래, 사라져. 그게 서로 편하겠다."

민광배는 구겨진 옷을 툭 털며 아들을 지나쳐 현관 밖으로 나갔다. 하지만 정작 그는 어디로 가야 할지 알 수가 없었다. 자식이 자신의 인생에서 차라리 사라져 버렸으면 좋겠다는 이 마음을 어디다 털어놓을 수 있을까.

"경찰이 이래도 돼?"

문을 닫을 때쯤 윤숙의 목소리가 들려왔다. 이어서 다시 발광하듯 "씨발!"하며 악성을 질러댔다. 민광배는 그저 문을 부서지라 닫아버렸다.

3

거울 앞에 서서 입을 아, 하고 벌려 보았지만 보이는 것은 없었다. 눈을 크게 부릅뜨고 아랫니 안쪽의 상태를 확인하려고 했지만 시야에 들어오지 않았다. 잔뜩 당겨 교정한 아랫니는 신경을 쓰지 않으려고 해도 자꾸만 혓바닥으로 훑어보게 된다. 그래서일까. 오늘 아침엔 혓바닥까지 갈라져 버렸다.

"짜증 나."

예신은 울상을 지으며 입을 다물고 턱을 어루만졌다. 턱이 욱신거리는 것이 교정 때문인지, 호랑이 하품하듯 입을 벌리고 있어서인지 알 수가 없었다. 아랫니 교정 6개월째. 불과 어제도 치과에 다녀왔다. 한참 성장하는 아동의 치아교정은 교정기를 끼우고 지내면서 올바로 자리 잡게 하는 것이 전부이지만, 성인의 교정은 다르다. 이미 잘못된 방향으로 성장이 되었기에 예신의 치아처럼 삐뚤삐뚤 난 치아는 조금씩 움직여 자리를 잡으면 또다시 움직이는 일을 반복한다. 덕분에 교정에 드는 시간은 이삼 년 정도 각오해야 했다. 익숙해질 법하면 또 치아를 강제로 움직여 통증이 유발되고, 자리를 잡아놓은 치아가 움직일까 입안에서 치아교정용 엘라스틱으로 당겨 고정해놓기 때문에 한동안 턱까지 뻐근하다. 덕분에 먹는 것이 힘들어져 강제 다이어트가 되니 기뻐해야 할지 알 수가 없다. 이렇게 되고 보니 어린 시절 치아교정을 해주지 않은 어머니를 자연스레 원망하게 된다.

예신은 거울 앞에서 입 벌리기를 그만두고 청소기를 들고 카페의 홀로 나왔다. 입안에 있는 엘라스틱이 신경 쓰이지만 억지로라도 잊어야 했다. 짜증을 가라앉히며 청소를 시작했다. 치과에 다녀오느라 오늘은 오픈 시간이 평소보다 늦었다.

카페 홈즈. 그녀는 이곳의 유일한 바리스타이자 사장이다. 망원역에서 도보로 10분, 망원우체국 사거리에서 좌회전해 걷다 보면 오른편에 있는데, 도로변이지만 2층인 데다 간판도 작아 지나치기 일쑤다. 원래는 서교동에서 운영했지만 하루가 멀다고 천정부지로 치솟는 월세 때문에 결국 이곳으로 옮기게 되었다.

카페로서의 입지가 좋은 편은 아닌지라 손님이 적은 것이 가장 큰 단점이지만 나름의 장점도 있다. 시간이 많기에 그동안 해보지 못했던 것을 많이 해볼 수 있기 때문이었다.

예신은 어렸을 적부터 셜록 홈즈의 팬이었다. 홈즈가 사용한다는 파이프 담배가 갖고 싶어서 시골에 계신 할아버지의 곰방대를 훔쳐 온 적도 있다. 대학을 졸업하기 전까지 모든 홈즈 시리즈를 세 번 이상 읽었다고 자신한다. 괴도 뤼팽의 팬인 친구와 〈기암성의 비밀〉을 두고 다투다가 2년 넘게 절교한 사연도 있다. 괴도 뤼팽의 작가 모리스 르블랑이 기암성의 비밀에서 홈즈를 보르틀레라는 소년보다 못하게 그려놓았기 때문이었다. 자세한 이야기는 차치하고 그래서 카페를 운영하기로 결정했을 때 [카페 홈즈]라는 이름은 5분도 지나지 않아서 나왔다. '홈스'가 정확한 표기지만, 어릴 때부터 '홈즈'라고 불러왔기 때문에 그렇게 지었다. '홈스'는 뭔가 맛이 살지 않는다.

물론 이름은 카페 홈즈이지만 예신은 이곳에 홈스 관련 소설은 물론 국내외 미스터리와 스릴러 작품들을 비치해 미스터리 스릴러 북카페의 콘셉트로 만들었다.

손님이 적어지면서 장점이 생겼다고 한 것은 그 덕분에 많은 이벤트를 열 수 있었다는 점 때문이다. 소규모 출판사에서 진행하는 작가와의 만남 장소로도 사용이 되고, 국내 미스터리 스릴러 작가에게 제안해 강의도 열었다. 총 25석을 마련했는데 지난번 모 작가의 강연에는 30명이 들어와 다섯 명 자리를 추가로 마련해 주느라 골치를 앓을 정도로 인기였다.

손님들 중에는 작가들도 많다. 조용한 분위기에 작업을 할 수 있어 오후만 되면 작가들이 노트북을 들고 하나둘씩 들어온다. 뭔가 지친 얼굴인 사람, 좀비 같아 보이는 사람, 활기찬 얼굴로 인사를 하고 들어오는 사람 등 다양하긴 하지만 컴퓨터를 열고 작업하는 순간 그들의 머릿속에 엄청난 세상이 열린다는 것을 생각하면 가끔은 경이롭기도 하다. 하지만 손님이 없어 작업하기 좋은 카페라는 인상은 슬픈 웃음을 짓게 만든다.

가끔은 저작권이 만료된 오래된 홈스 영화를 상영하기도 했다. 관람료는 받지 않고 커피값만 받는데 여름에는 비교적 인기가 많은 편이다. 가끔은 호러 영화도 상영해 달라는 손님들의 부탁을 받기도 하지만 카페의 특성을 살리기 위해 아직은 셜록 홈스 시리즈만을 상영했다. 언젠가는 국내 유명한 미스터리 스릴러 작가들의 사인회나 릴레이 강연회를 해보고 싶다.

이 카페를 운영하며 그때그때 자신이 하고 싶은 일을 해볼 수 있어 행복했다. 수익이 크지 않아 계속 이 가게를 운영할 수 있을까 하는 생각도 들지만, 언젠가 닫기 전까지는 해보고 싶은 일은 모두 하고 싶다.

"어, 아직 안 열었어요?"

청소기를 돌리는 소리 사이로 들려온 목소리에 예신이 화들짝 놀라며 고개를 늘었다. 머리가 짧고 호리한 체격의 남자가 서 있었다. 표정에 날이 서 있지는 않았지만 단단한 얼굴이다. 예신은 얼른 청소기의 가동을 멈추고 자리를 가리켰다.

"아뇨. 들어오세요."

예신의 말에 민광배는 조금 주저하다가 자리에 앉았다. 오픈 준비를 제대로 마치지 않은 카페에 앉기가 불편한 것이다. 조용히 이야기를 나누려 들어왔는데 주인이 청소를 하고 있으면 대화고 뭐고 정신만 없다. 예신은 그런 느낌을 주지 않으려 얼른 청소기를 집어넣었다.

"어, 오늘은 오픈 준비가 늦었나 보네요."

다행히 뒤따라 들어온 목소리의 주인공은 낯이 익었다. 이 카페에 자주 오는 단골 중 한 명이다. 이름은 현재욱. 형사라는 것은 본인이 말해줘서 알고 있다. 자주 찾아오는 손님에게 귀찮게 말을 걸거나 직업을 묻지는 않지만 혼자 오는 손님들은 웬일인지 자기 직업이나 개인사를 스스럼없이 이야기하곤 했다. 무리하게 가까이 다가가지 않는 예신이 오히려 더 편하게 느껴져서인지도 모른다.

"낯간지럽게 남자들끼리 무슨 카페야. 담배나 한 대 피우지."

민광배가 시선을 창가로 돌리며 무뚝뚝하게 말했다. 예신은 어색하게 웃으며 지금 막 들어온 현재욱을 향해 인사했다.

"오셨어요."

예신은 카운터 안쪽으로 들어갔다. 카운터 위에는 메뉴판이 작게 세워져 있었다. 현재욱은 카운터 앞으로 와 메뉴판을 들여다보더니 민광배를 향해 고개를 돌렸다.

"뭐 마실지 골라야지?"

"대충 주문해줘."

'아우, 저 자식'이라고 장난스럽게 불평하며 현재욱이 예신에게 신용카드를 내밀었다.

"저희 미스 마플의 정원으로 두 잔 주세요."

예신은 카드를 받아 계산을 한 뒤 영수증과 함께 진동벨을 내주었다. 미소와 함께 그것을 받아 든 현재욱은 민광배가 있는 테이블로 가 앉았다.

"커피 괜찮지?"

"미스 정원인지 뭔지가 커피냐? 뭔 이름이 그래?"

"미스 마플의 정원! 블렌딩 커핀데 아무래도 콘셉트가 미스터리 카페니까 커피 이름들을 그렇게 지었더라고."

다른 메뉴로는 홈즈와 런던 산책, 그레이 멜로 포와로, 이웃집 매그레가 있다. 이름들을 알려주니 민광배가 흥, 하고 코웃음을 쳤다. 현재욱의 미간이 좁혀졌다.

"이 자식이, 형님이 간만에 기분 전환 좀 시켜주신다는데…. 아, 나 고무줄 좀 썼다."

돌돌 만 포스터를 고정한 고무줄을 가리키며 현재욱이 말했다. 함께 점심을 먹은 뒤 민광배의 차로 이동했다. 자꾸 펼쳐지려는 포스터가 안 그래도 귀찮던 참인데, 내리며 뒷좌석에 실어둔 가방을 꺼내려다 바닥에서 버려진 고무줄을 발견했다. 자기 차에 떨어져 있었는지도 몰랐는지 민광배가 어리둥절한 얼굴을 했다.

"차에 떨어져 있던데."

"그래? 뭐, 얼마든지. 그게 뭔데?"

"경찰청 들어갔다가 홍보팀장이 이거 우리 민원실장 좀 갖다주라고 해서 대신 배달 서비스 하는 중. 무슨 안내문인지 홍보물인지 그런가 봐."

"그래?"

"윤후는 잘 있지?"

"뭐… 그냥저냥."

현재욱과는 12년 전 같은 경찰서 형사팀에 배치되면서 만났다. 배치 일 년 뒤 현재욱이 지방으로 발령받으면서 만나지 못했지만, 최근 민광배가 근무하는 은파경찰서의 형사2팀으로 배치되어 오면서 다시 친분을 이어가고 있었다. 동갑이고 말도 잘 통하는 편이라 쉬는 날이 맞을 때마다 술자리도 자주 가졌다. 그만큼 서로의 가정사에 대해서도 나름 알고 있다. 현재욱은 민광배가 아들 때문에 고민이 많은 것을 알고 있었다. 머릿속에 윤후를 떠올리자 민광배의 기분이 더 가라앉았다.

"유학 보내려고."

"갑자기 왜? 윤후도 동의한 거야?"

"동의가 뭐 필요 있어?"

고집스럽게 말하는 민광배의 얼굴을 보며 현재욱은 고개를 갸웃했다. 그 시선을 의식해서인지 민광배는 얼른 표정을 바꾸며 일어섰다.

"화장실 좀."

현재욱은 고개를 끄덕거렸다. 궁금한 건 많지만 묻지 않았다. 민광배가 그 화제에 관해서는 피하고 싶은 것 같아서였다. 예전에는 서로 말하지 못할 것이 없었는데. 그런 친구의 모습이 서운하기도 했지만 말하지 못하는 속은 오죽할까 싶어 깊게 묻지 않았다. 윤숙과의 사이가 좋지 못한 것 정도는 느낌으로 알고 있다.

민광배가 화장실로 들어간 뒤, 예신이 갑자기 생각났다는 듯 테이블로 다가왔다.

"아, 지난번에 얘기하셨던 〈여름 후의 살인〉 저 구했어요."

"정말요?"

현재욱이 눈을 동그랗게 떴다. 〈여름 후의 살인〉은 1967년 출간

된 영국 추리작가의 처녀작이었다. 반응은 폭발적이었다. 이름도 알려지지 않은 작가여서 일반적인 책보다 훨씬 적은 양을 인쇄했던 출판사는 허둥지둥 증쇄 준비에 들어갔다. 그런데 작가가 돌연 증쇄를 거절했다. 그리고는 상당량의 위약금을 주고 출판사와 계약을 해지했다. 인세를 훨씬 올려 받고 싶어 그런 것이라고 생각한 다른 출판사들이 계약을 제안하려 작가와 접촉했지만 이루어지지 않았다. 작가가 살해당했기 때문이었다.

영국 경찰은 범인을 밝혀내지 못했고, 사건은 결국 미제로 남았다. 호사가들이나 책을 좋아하는 사람들은 처음 인쇄된 2000권의 책 소유자 중 한 명이 되기 위해 경매시장을 훑고 또 훑어야 했다.

그런데 예신이 2000권 중의 한 권을 손에 넣은 것이다. 예신이 대학 시절 한국에는 불법 번역본이 돌았지만 초판본을 손에 넣을 줄은 상상도 못 했다.

"그 귀한 것이 대체 어디에⋯."

현재욱이 자리에서 일어서며 책장을 둘러보았다. 예신은 의기양양하게 웃으며 손으로 카페 안쪽 책장을 가리켰다. 〈여름 후의 살인〉 초판본이 전시되어 있었다.

"오오."

마치 뭔가에 홀린 듯 현재욱이 책장 쪽으로 다가갔다. 예신이 뒤따르려 할 때, 현재욱이 앉았던 테이블 위에서 핸드폰이 울었다.

"형사님! 전화요."

현재욱이 고개를 돌렸다.

"그거 아까 그 친구 핸드폰 같은데."

예신은 자기도 모르게 핸드폰을 내려다보았다. 환하게 켜진 핸드폰 액정 화면 속에 무지개 깃발 앞에서 웃고 있는 화려한 차림의 여성 사진과 '최윤숙'이라는 이름이 보였다.

핸드폰을 내려다보는데 불쑥 손 하나가 끼어들었다. 예신은 깜짝 놀라며 옆으로 비켰다. 갑자기 튀어나온 손의 주인은 민광배였다. 그는 아무런 표정 변화 없이 핸드폰을 집어 들더니 쓱, 손가락으로 화면을 훑었다. 수신 거절을 한 것이다. 그는 수신음이 멎은 핸드폰을 주머니에 아무렇게나 집어넣었다.

"아, 죄송합니다."

남의 핸드폰을 훔쳐본 것 같은 기분이 들어 예신은 자기도 모르게 고개를 숙였다. 민광배는 대답 없이 자리에 앉았다. 머쓱해져서 얼른 카운터 쪽으로 가는 예신을 보며 현재욱이 미안한 듯 웃었다. 평소 같았으면 왜 까칠하게 구냐고 한마디 했겠지만, 오늘은 그저 조용히 민광배의 맞은편 자리로 돌아갔다. 그가 요즘 사적으로는 아들 문제, 공적으로는 망원동 화재 살인사건 때문에 골치 아픈 것을 알고 있기 때문이다.

"사건 때문에 힘들어서 그런가, 얼굴이 많이 상했네. 피해자는? 치아 기록으로 확인된 것 같던데."

꽤 심하게 불탄 시신이라 유전자 확인에 시일이 걸린다고 했다. 시신의 치아 상태를 공문으로 작성해 서울 지역의 치과에 모두 돌렸다. 연락이 온 것은 세민동의 한 치과였다. 즉각 환자의 정보를 조회했다. 이미 실종 신고가 된 여학생이었다.

"응. 세민여고 2학년생."

"자네 아들이랑 동갑이네."

"그래서 마음이 안 좋아."

민광배가 어두운 얼굴을 했다. 그 사이 진동벨이 울렸다. 현재욱이 일어나 카운터로 갔다. 예신이 내놓은 쟁반 위의 커피를 확인하며 말했다.

"요 앞 폐창고에서 화재 사건 난 거 아시죠? 저 친구가 그 사건 담당인데 요즘 골치 좀 썩어서⋯."

"아, 네."

예신이 고개를 끄덕였다. 화재 당일부터 뉴스가 계속 보도되어서 모르려야 모를 수가 없는 사건이었다. 같은 망원동이라 오는 손님마다 그 이야기를 꺼낸다.

"혹시 목격했다는 사람이라도 있으면 연락 주세요."

"당연하죠."

예신의 대답에 고개를 숙이며 현재욱이 쟁반을 집어 들었다. 걸어오는 그를 보며 민광배는 쓸데없는 소리 한다는 듯 살짝 눈을 흘겼다. 하지만 현재욱은 기죽지 않았다. 어깨를 으쓱하고는 자리에 앉으며 상체를 기울였다. 그는 예신 쪽을 흘깃 보면서 목소리를 낮추고 말했다.

"저 사장님이 내가 말한 그분이야. 홈즈의 마플."

민광배가 예신을 살짝 보았다. 현재욱이 하도 유난스럽게 떠들어대서 기억하고 있기는 하다. 처음엔 마플이 뭔지 몰랐다. 와플을 잘못 이야기한 것인 줄 알았더니 애거사 크리스티의 소설에 나오는 유명한 캐릭터라고 했다. 카페 홈즈의 마플 여사라나 뭐라나. 앉은 자리에서 이야기만 듣고도 사건에 큰 도움을 주었다는데, 이렇게 봐서는 믿기가 어려웠다. 동그란 안경에 작은 체구는 특별할 것 없는 그저 평범한 여성으로만 보였기 때문이다. 어쨌거나 당시 현재욱이 골치를 썩이던 고시원 대학생 살인사건을 어느 날 갑자기 해결한 것으로 봐서 허풍은 아닌 것 같았다.

"그래서, 지금 그 녀석은 전혀 자백하지 않는 거야?"

다시 화재 사건으로 이야기가 돌아오자 민광배는 떨떠름한 표정을 지었다.

"응. 계속 자기는 불만 냈다고 해. 피해자는 알지도 못한다고."

"정말로 그 녀석이 안 죽인 거 아냐?"

현재욱의 말에 민광배가 인상을 썼다.

"그 새끼가 아니면 누구라는 거야?"

목소리가 날카롭게 나왔다. 현재욱은 살짝 상체를 뒤로 물렸다. 크게 말실수를 한 것까지는 아니지만 경찰서장 대국민 사과 건으로 예민한 것을 간과했다. 현재욱은 진정하라는 듯 손을 들어 보였다.

"아니, 내 말은 혹시 그 녀석이 불을 내러 들어갔을 때 이미 시신이 있었던 게 아니냐는 거야."

"나도 그 생각을 안 했던 건 아닌데, 그 새끼가 그건 아니래.

현장에도 데려갔었는데 시신이 발견된 장소에는 아무것도 없었다
는 거야."

"그 녀석이 죽였다면 차라리 원래부터 시신이 있었다고 하는
게 더 유리한 거 아냐?"

민광배는 이를 갈았다.

"일부러 수사에 혼선을 주려는 거야. 이미 그 자식이 휘발유를
구입하는 시시티브이 영상까지 확보했어. 그리고 현장에도 그 녀
석 이외에는 아무도 들어가지 않는 걸 확인했고."

"아무도?"

현재욱이 눈을 커다랗게 떴다. 고개를 끄덕이는 민광배의 얼굴
이 어두웠다. 바로 그것이 문제라는 듯이.

"피해자가 들어가는 시시티브이가 안 나왔어. 죽여서 데리고
들어갔다면 시신을 어딘가에 담아 날랐을 텐데, 휘발유만 사서
들어가는 영상뿐이야."

"그럼 어떻게 된 거라는 거야?"

"그게 문제긴 한데, 시시티브이 사각지대도 있고 하니 찍히지
않는 게 완전히 불가능한 건 아냐. 재판까지 가도 그 녀석 말고는
범인이 없어."

현재욱 역시 현재 용의자 말고는 다른 범인이 없다고 생각했다.
아마도 머지않은 시간 내에 기소 의견으로 사건이 검찰로 송치될
것이다. 무엇보다 담당 형사를 비롯해 과장부터 경찰서장까지 지
켜보고 있는 사건이었다. 용의자가 고등학생 신분이기에 지켜보

고 있는 눈도 많다. 민광배의 부담이 적지 않을 것 같았다. 그런 현재욱의 생각을 고스란히 담아내듯 민광배가 눈을 번뜩이며 중얼 댔다.

"그놈이어야만 해. 반드시."

요즘 한창 스트레스를 받는 것 같아 한숨 돌리라고 불러냈는데 민광배는 영 사건에서 떨어지지 못하고 있었다. 같은 형사로써 공 감할 수 있었다. 그 이후로 10분쯤, 이렇다 할 대화 없이 두 사람은 커피만 마셨다. 그만 일어나자고 제안한 것은 현재욱이었다. 그는 빈 커피 잔을 쟁반에 담아 카운터에 올렸다.

"잘 마셨습니다."

그 사이 민광배는 인사도 없이 카페 홈즈를 나갔다. 예신에게 인사한 현재욱도 민광배를 따라 걸음을 옮겼다.

그런데 예신이 카운터에서 나와 현재욱의 뒤를 따랐다. 현재욱 은 돌아보며 의아한 눈을 했다. 뭔가 말하고 싶은 듯 주저하는 그녀의 표정에 단순한 배웅이 아님을 눈치챈 것이다. 예신이 용기 를 내듯 입을 열었다.

"저…. 여쭤보고 싶은 게 있어서요."

***

그로부터 이틀 후의 출근길이었다. 비번이었던 전날, 아들 윤후 는 민광배의 눈에 단 한 번도 띄지 않았다. 아내 윤숙에게도 윤후가 어디 갔는지 묻지 않았다. 눈에 띄지 않는 것에 차라리 안도감이 들었다. 아들이 인생에 없다는 것이 상상조차 되지 않는 시절도 있었는데, 이제는 아들이 없어야 안도감이 든다. 어쩔 수 없이 쓸 쓸한 기분이 따라붙었다.

경찰서에 들어서면서부터 뭔가 이상한 기류를 느꼈다. 경찰서 입구에 서 있던 의경은 여느 날과 다름없이 경례를 했고, 그가 항상 주차를 하는 주차장 제일 안쪽 라인에 차를 세웠고, 평소처럼 1층으로 들어가는 동안 낯이 익은 인물들과 인사를 했음에도 사무실로 들어가는 그의 몸에는 어느새 불길한 예감이 덕지덕지 묻어 있었다.

뭐가 다를까, 생각해보니 그것의 정체는 시선이었다. 뭐라고 딱히 말할 수 없는 다른 시선. 자신을 훑어보는 듯한 시선. 형사팀의 출입문을 열면서 민광배는 왠지 들어가면 안 될 것 같은 기분을 느꼈다. 형사가 되고 나서 처음 있는 일이었다.

문을 연 순간 민광배를 기다리고 있던 그와 눈이 마주쳤다. 현재욱이었다. 그는 상담 테이블에 앉아 문이 열리자 이쪽을 돌아보았다. 더없이 긴장된 현재욱의 얼굴을 보면서 아침부터 느꼈던 불안감이 폭발하는 것을 느꼈다. 민광배의 얼굴을 물끄러미 보고 있는 것은 현재욱만이 아니었다. 평소라면 가볍게 아침 인사를 주고받았을 형사과장과 다른 팀원들 역시 현재욱처럼 그를 응시하고 있었다. 당혹, 불쾌감, 안쓰러움, 경멸의 색이 각자의 얼굴마다 다르게 물들어 있었다.

정적을 참지 못하고 민광배가 장난스럽게 말했다.

"2팀 녀석이 왜 아침부터 남의 나와바리 점령이야?"

평소대로라면 현재욱이 응수해 왔을 테지만 그는 아무런 말도 하지 않았다. 다만 와서 앉으라는 듯이 손으로 자신의 맞은편 의자를 가리켰다. 가슴에 피어오르는 불안감을 억누르며 민광배는 왜 그러는지 도저히 모르겠다는 얼굴로 의자에 앉았다. 그가 자리에 앉자 현재욱이 캔 음료를 내밀었다. 왜 그러는지 묻고 싶었지만 음료수를 마셔야 이야기를 하겠다는 듯 현재욱은 자신을 보고만 있었다. 왼손으로 캔을 따 한 모금 마셨다. 음료는 시원했지만 이상하게 맛이 느껴지지 않았다. 돌아서 있는 형사과장의 등이 보였다. 평소대로라면 아침부터 바삐 돌아가고 있을 형사1팀이 멈춰 있었다.

"망원동 화재 살인사건, 오늘부로 형사2팀으로 이관됐어."

그 말을 듣는 순간 온몸의 피가 한순간에 밀려 내려가는 것을 느꼈다. 다리 어딘가에 커다란 구멍이 뚫려 있어 그쪽으로 모든 피가 빠져나가는 것 같았다. 추운 듯했고 손이 떨리는 것도 같았는데, 허벅지의 바지를 꾹 움켜잡았을 뿐 실제로는 떨고 있지 않았다. 그는 애써 입을 열었다.

"왜⋯ 남의 밥그릇을 넘보고 난리야. 금방 해결되는데."

현재욱이 서류 한 장을 내밀었다.

압수수색영장이었다.

"민광배 형사. 지금 이 시간부로 개인차량 및 공무차량은 압수수색 대상입니다."

벼락을 맞은 듯 민광배가 벌떡 일어섰다. 그 바람에 민원인용 철제 의자가 뒤로 넘어가며 굉음을 냈다. 민광배의 시선은 곧장 창밖으로 향했다. 1층 형사팀 사무실 창으로 보이는 주차장에서 국과수와 2팀 형사들이 이미 그의 차량을 감싸고 있었다.

떨리는 시선으로 민광배가 현재욱을 바라보자, 그는 천천히 일어나 넘어져 있는 철제 의자를 바로 세웠다. 그리고는 앉으라는 듯 민광배의 어깨에 손을 얹었다. 하지만 민광배는 고개를 숙이고 뭔가 깊은 생각에 빠졌다.

그는 알고 있었다. 국과수의 감식 결과 저 차 안에서 무엇이 발견될지를.

포기한 듯 민광배가 선 채로 나직하게 말했다.

"내가 죽였어."

모두의 시선이 그에게로 쏠렸다. 민광배는 모든 것을 인정할 작정이었다. 말끝에 잠시 숨을 몰아쉬는 동안 머릿속에서는 이십여 년의 형사 생활이 스쳐 지나갔다. 자신의 인생이 이렇게 끝나버린다. 하지만 돌이킬 수 없고 돌이킬 생각도 없다. 그는 자세한 이야기를 하기 위해 입을 열었다. 그러나 현재욱이 그의 말을 가로챘다.

"아니. 네 혐의는 시신 훼손 및 유기, 그리고 범인 은닉이야."

민광배는 자기도 모르게 한 걸음 뒤로 물러났다. 도망치고 싶은 그의 욕구를 옭아매는 것처럼 현재욱의 말이 이어졌다.

"살인에 대한 진범 최윤숙, 자네 와이프는 이미 체포됐어."

오늘 아들이 어디를 갔는지 민광배는 알지 못한다. 제 엄마가 어떤 사람인지 알게 되면 윤후는 어떻게 변할까. 그는 두렵다. 하루라도 빨리 아들을 유학 보냈어야 했다. 민광배는 그 자리에 주저앉아 버렸다.

4

처음부터 아내는 그와의 관계를 힘들어했다. 신혼여행 첫날밤을 민광배는 기억한다. 마치 통나무를 안는 느낌. 하지만 긴장한 탓이라고 생각했다. 중매로 만나 열렬한 사랑을 한 것은 아니지만, 나름대로 뭔가 통한다고 그는 생각했었다. 하지만 아내는 서서히 그와의 부부 관계를 멀리하려 했다. 처음엔 몸이 아프다든가 하는 핑계를 댔지만, 나중에는 안 되겠다 싶었는지 얘기해왔다. 섹스리스로 살고 싶다고.

몇 번 설득하려 했지만 잘되지 않았고, 그 과정에서 민광배는 자신이 섹스에 환장한 짐승 취급을 받는 기분이 들었다. 그나마 허니문 베이비로 태어난 윤후가 있어 이 결혼에 대한 회의감을 참아낼 수 있었다. 그런데 3년 전 민광배는 진짜 아내의 모습과 맞닥트렸다.

여름이었다. 무척이나 더웠던 해로 기억한다. 당시 살고 있던 아파트는 사건이 벌어지면서 분위기가 뒤숭숭했다. 피해자는 여중생이었다. 귀가하여 아무 생각 없이 냉장고에 있던 음료수를 마셨고, 한 시간이 채 되기도 전 잠에 빠져들었다. 여중생이 깨어난 것은 그로부터 장장 여덟 시간이 지난 뒤였다. 눈을 떴을 때 여중생은 나체 상태였고 음부에 이상한 감각이 있었다. 성폭행을 의심할 수 있었다. 나중에 성분 검사를 해보니 음료수 안에는 상당량의 수면제가 들어있었다.

곧장 검사에 들어갔다. 약간의 상처는 있었지만 정액 반응은 나오지 않았다. 질 내부의 상태로 보아 적어도 삽입까지 이루어지지 않았다는 판단을 받았다. 피해자의 유두를 물어 상처가 있었지만 타액은 검출되지 않았다. 피해자의 몸을 씻긴 것이다. 그런 사정을 근거로 성불능자의 범행일 가능성이 대두됐다.

범행을 저지르고 피해자의 몸을 꼼꼼히 씻기는 대담성으로 볼 때 가해자는 아이의 부모가 몇 시에 들어오는지 이미 알고 있는 듯했다. 이 아파트의 거주자일 가능성과 피해자와 아는 사이일 가능성을 두고 조사했지만 용의자를 좁히지도 못한 채 시간만 흘렀다. 아파트에는 더워도 문을 잘 닫고 생활하라는 안내문이 붙었다.

"당신도 조심해. 더워도 문 잘 잠그고."

아마 그날 아침 민광배는 윤숙에게 그렇게 말했던 것 같다. 아내의 표정이 어땠더라? 그는 기억이 잘 나지 않았다. 어쩌면 웃었는지도 모르겠다.

민광배는 그놈을 잡는 데에 심혈을 기울였다. 시간이 지날수록 미제로 남을 가능성이 커지면서 형사과장은 새로운 사건으로 넘어가라고 했지만, 그는 쉽사리 이 사건을 놓지 못했다. 어떤 놈이 감히 내 동네에서 이런 일을 벌여, 하는 자존심도 있었지만 피해자는 아들 또래의 아이였다. 딸은 없었지만 자식을 가진 입장에서 민광배는 그놈을 용서할 수 없었다. 아내의 서랍에서 수면제를 발견한 것은 우연이었다.

"당신 수면제 먹어?"

"가끔 잠이 안 와서."

조금의 지체도 없이 아내가 대답했고, 그는 수면 장애일 수 있으니 병원에 가보라고 말했다. 걱정돼서라기보다는 의례적인 인사치레였다. 잠이 안 오는 것은 누구에게나 다 있는 일이니까. 그래서 대수롭지 않게 여겼다. 피해자의 몸에서 나온 수면제 성분과 같은 것이라는 것도 그다지 마음에 걸리지 않았다.

출근길에 민광배는 아파트 주차장에서 멈칫했다. 주머니를 더듬거리는 그의 얼굴에 낭패의 기색이 스쳤다. 자동차 열쇠를 가지고 내려오지 않은 것이다. 나이가 들면서 깜박거리는 일이 잦다. 용의자 리스트를 한 번 쓱 보기만 해도 줄줄 외우던 시절이 있었는데.

씁쓸해하며 윤숙에게 전화를 걸었다. 다시 올라가기가 귀찮았다. 베란다에서 열쇠를 던져주면 받을 수 있을 것 같았다. 한참 신호가 울렸지만 아내는 전화를 받지 않았다. 어쩔 수 없이 엘리베

이터를 타고 올라갔다. 엘리베이터의 문이 열리는 순간 눈앞을
지나쳐 가는 사람이 있었다. 윤숙이었다.

"어, 당신….."

그러나 그의 목소리를 듣지 못했는지 윤숙은 곧장 비상계단의
방화문을 열고 아래쪽으로 내려갔다. 민광배는 그녀의 뒤를 따랐
다. 왠지 그래야 할 것 같았다. 지금 와서 생각해보면 형사의 본능
이었던 것 같다.

계단으로 내려간 윤숙은 2층에서 더 내려가지 않고 다시 방화문
을 열어 복도로 들어갔다. 2층에 아는 사람이 있던가, 하는 생각이
들었다. 그러나 아내의 걸음걸이는 아는 사람의 집에 놀러 가는
것이 아니었다. 주변을 둘러보며 2층 복도를 천천히 걸었다. 딱
한 군데 문이 열려 있는 집이 있었다. 윤숙은 그 앞에서 집 안을
기웃거렸다. 그녀는 다시 한 번 주변을 둘러보았다. 경계의 빛이
가득했다. 민광배는 자기도 모르게 벽 뒤로 몸을 숨겼다.

주변을 확인한 윤숙이 그 집 안으로 들어갔다. 민광배는 그 집
현관을 향해 빠르게 걸었다. 안을 들여다본 순간, 그는 둔기로 강
하게 얻어맞는 듯한 충격을 받았다.

"여보….."

윤숙이 남의 집 거실에 놓인 빨래 건조대 앞에서 멍하니 고개를
들었다. 그 손에는 손바닥만 한 여성 팬티가 들려 있었다.

***

좁은 동네였다. 꼬리가 길면 밟힐 것이고 금방 소문이 날 게 뻔했다. 아들 생각이 가장 먼저 났다. 그래서 이사했다. 아내와의 이혼을 고려하지 않은 것은 아니었다. 하지만 가장 감수성이 예민할 사춘기의 아들이 어떻게 받아들일까가 걱정이었다. 자신과는 잘 이야기하지 않는 윤후였지만 엄마에게는 가끔 속내를 털어놓기도 했다. 그런 아들에게서 엄마를 빼앗으면 더 비뚤어질 것만 같았다.

아니, 솔직히 말하자면 아내의 마음을 돌릴 수 있을 거라고 생각했다. 그때의 민광배에게 아내는 파렴치한 성범죄자가 아니었다. 잠깐 혼란을 겪었을 뿐, 다시 단란한 가정을 이룰 수 있는 사람이라고 생각했다. 아들에게 보이는 모성애만 보아도 그렇다고 생각했다. 윤숙이 동성애자, 성적 쾌락을 채우기 위한 범죄자라면 모성애 같은 건 없지 않을까, 하고 생각했다. 그만큼 무지했다.

더 솔직히는 아무것도 못 본 것으로, 없었던 일로 하고 싶었다. 하지만 자신의 성향과 범죄가 파헤쳐지지 않으면 다행이라고, 윤숙이 그렇게 생각하고 있는 줄은 꿈에도 알지 못했다.

그날은 비번이었다.

며칠간 잠복하며 고생한 끝에 시장통 아리랑치기를 검거한 뒤였고, 내일 출근하지 않아도 된다는 생각에 전날 저녁 일찍 잠이 들었었다. 그런 덕분인지 잠에서 깨었을 때는 새벽 1시 40분쯤이었다. 규칙적이지 않은 생활 습관 때문에 형사들은 흔하게 수면 장애를 갖고 있다. 또 이렇게 못 자는 건가, 하는 생각을 하는 찰나 현관문이 여닫히는 소리가 들렸다. 윤후가 들어오는 건가 싶었는데, 나가보니 윤숙이 방에 없었다. 불길함을 느낀 순간 깨달았다. 그동안 아내에 대한 불안감을 자신이 그저 억눌러왔을 뿐이라는 것을.

차를 타고 한 바퀴 돌다 어느 골목에서 튀어나오는 윤숙을 봤다. 뭐에 정신이 팔렸는지 남편의 차를 알아보지 못했다. 무슨 일인가 싶어 차를 대고 골목 안으로 들어갔다.

여학생이 있었다. 치마가 위로 들린 상태였고, 눈을 허옇게 뜬 채 입을 커다랗게 벌리고 있었다. 목이 졸린 흔적이 있었고 이미 심장박동이 멎은 뒤였다.

시시티브이가 없는 것을 확인하고 시신을 차에 실었을 때는 제정신이 아니었다. 거의 반사적인 행동이었다. 감추어야만 한다고 생각했다.

패닉 상태에서 정신없이 시신을 차에 싣고 망원동 쪽으로 무작정 달리다, 김정모를 발견했다. 망원동 일대에서 크고 작게 벌어지는 방화사건의 유력 용의자. 그의 손에 들려있는 것은 휘발유일 가능성이 컸다.

'저놈이다.'

그를 만난 건 천운이었다. 그의 뒤를 쫓았다.

역시나, 김정모는 폐창고 안으로 들어가 불을 놓고 도망쳐 나왔다. 민광배는 곧장 안으로 차를 몰고 들어갔다. 휘발유를 부은 데다 폐창고에 남아 있던 인화 물질까지 더해 화재는 생각보다 컸다. 가장 큰 불길 위에 시신을 던지듯 꺼내놓았다. 시신에 불이 붙는 것을 보고는 곧장 차를 끌고 나왔다.

그것이 현직 형사가 화재 사건의 목격자가 된 경위였다.

"자네 와이프가 전부 인정했어."

민광배는 입을 꾹 다문 채 바닥 어딘가를 고집스럽게 응시하고 있었다. 현재욱의 말로 체포된 윤숙이 이 경찰서 어딘가에서 조사를 받고 있음을 깨달았을 텐데도 자세한 이야기를 묻지 않았다. 그래서 현재욱이 대신 말해주었다.

"시체가 왜 망원동 창고로 옮겨갔는지, 왜 김정모가 살인범이 되었는지 의아해서 항상 불안했대. 근데 네가 덮으려고 일을 꾸민 건 상상치도 못했다고 놀라더라."

화재 뉴스를 정신없이 보던 윤숙이 떠올랐다.

"어떻게 알았어?"

그녀의 이야기를 듣고 싶지 않아 민광배가 말을 돌렸다. 처음부터 김정모가 시신을 끌고 들어가는 시시티브이가 없었다. 하지만 자신이 목격자가 됐고, 시시티브이에는 사각지대라는 것도 있어 유리했다. 또 김정모가 방화를 저지른 것은 확실했고, 그 안에서 시신이 나왔으니 그가 용의자가 되는 것도 어려운 일이 아니었다. 그래서 시신을 어떻게, 왜 가져갔는가에만 형사들이 몰두할 거라고 민광배는 예상했다. 게다가 예비 신부 살해사건의 여파로, 형사과장은 이미 체포한 김정모의 범행으로 이 방화 살인사건을 마무리하는 데 혈안이 되어 있었다.

"카페 홈즈."

현재욱의 대답에 민광배가 의아한 눈을 했다. 여기서 그 카페 얘기가 나올 거라고는 상상하지 못한 것이다. 현재욱은 대답 대신 포스터를 들어 보였다. 지난번 카페 홈즈에서 만날 때 경찰청 홍보 팀장의 심부름으로 받아왔다던 포스터였다. 포스터는 여전히 둘둘 말아 고무줄로 고정된 채였다. 이 포스터가 어떻게 알았냐는 질문에 어떤 대답이 되는 건지 모르겠다는 듯 민광배는 아무런 말 없이 포스터를 응시했다. 현재욱은 검지로 정확히 가리켰다. 검지의 끝이 가리킨 곳은 포스터를 고정한 고무줄이었다.

"이거, 단순한 고무줄이 아니라는 걸 몰랐겠지."

홈즈에서 나올 때 예신은 물었다. 두 사람의 대화를 들어보니 피해자의 치과 기록으로 신원 확인을 했다는데 어떤 기록이었느냐고. 그래서 독특한 치아 모양이라 치과를 통해 확인했다고 알려주었다. 피해자는 일주일에 한 번씩 치아 교정을 하고 있었다.

"이 고무줄, 교정한 치아를 당기는 고무줄이래. 정확한 명칭은 엘라스틱. 치아 상태마다 고무줄 굵기나 텐션이 달라. 여러 종류가 있지. 이게 피해자가 사용하는 것과 동일하다는 걸 확인했어. 물론 고무줄에서 피해자의 유전자도 검출됐고."

생각지도 못한 곳에서 덜미를 잡혔다는 뜻일까. 아니면 단순히 넘어간 곳에서 덜미를 잡혔다고 생각해서일까. 민광배의 어깨가 축 늘어졌다. 그는 초점 없는 시선으로 멍하니 말했다.

"그렇다면 범인을 나라고 생각할 수도 있었을 텐데."

현재욱은 조용히 고개를 저었다.

"네가 범인일 수는 없어. 알 텐데?"

그는 서류를 내밀어 한 지점을 가리켰다. 사인이 경부 압박성 질식사라는 결과와 함께 그 근거가 적힌 부분이었다. 목을 조를 때 양쪽 엄지손톱 때문에 생긴 근육의 상처.

현재욱의 시선이 민광배의 오른손으로 향했다. 민광배는 자신도 모르게 얼른 그 손을 테이블 아래로 내려놓았다.

민광배의 오른손은 엄지부터 중지까지 손톱이 없다.

신임 형사 시절 호기롭게 달려들다가 용의자가 억지로 닫던 문에 짓이겨져 손톱을 제거했다. 그 뒤로 다시 나오지 않아서 그대로 살 수밖에 없었다. 처음엔 불편하고 아팠으나 점점 굳은살이 생겨 그다지 불편함 같은 것은 없었다. 음료수 캔도 왼손으로 따면 되니까.

민광배는 멍하니, 눈앞에 놓인 음료수 캔을 보았다.

그래서 그는 피해자의 목에 양손 엄지손톱 상처를 낼 수 있는 범인이 될 수 없었던 것이다.

"넌 몰랐겠지만 다른 형사들은 사실 좀 의심하고 있었어. 형사가 목격자인 상황이 우연이라고 하기엔 너무 걸리는 게 많았거든. 게다가 창고 안으로 차를 몰고 들어갔다는 상황만으로도 의심을 사기에 충분했지. 그런데 시신에 남은 상태를 보면 넌 절대 범인일 수가 없었어."

그래서 다음으로는 민광배의 아들 민윤후에게로 시선이 옮겨갔다. 하지만 사건이 있던 그날 윤후는 친구들과 밤새 홍대 클럽에 있었다. 아는 선배의 신분증을 이용해 들어가 밤새 춤을 추고 여자들을 기웃거렸다. 그러나 얼굴과 행동에서 어린 티를 지우지 못했다. 매니저는 윤후 일행을 주시하다가 재차 신분 확인을 요구했다. 입구에서보다 신분증 사진과의 비교가 더 정밀하게 진행되었다. 결국 고등학생이라는 것을 확인한 매니저는 윤후 일행을 클럽 밖으로 내쫓았다. 이미 입장을 시킨 데다 술을 마신 뒤였다. 만약 경찰이 알게 된다면 영업정지 처분을 받을 수도 있기에 아이들을 을러 함구시켰다. 그때가 새벽 네 시 반. 사건이 벌어진 뒤였다.

민광배는 아무 말도 하지 못한 채 입을 다물고 현재욱의 말을 듣기만 했다. 할 말이 없었다. 자신의 계획대로 형사들은 '김정모가 어떻게 시체를 옮겼나?'에 몰두하고 있다고 생각했는데, 아니었다. 자신을 향해 의심의 시선이 날아오는 것도, 따로 수사를 진행하고 있다는 것도, 그날 밤 윤후가 클럽에서 그런 일을 벌였다는 것도 알지 못했다. 아니, 집에 없는 것도 알지 못했다. 덕분에 용의자가 되지 않았다니, 아이러니한 일이다.

"그렇다고 팀원들이 금방 사실을 알아낸 건 아니야. 증거를 통해 너도 윤후도 범인일 수 없다는 걸 알았으니, 너의 말을 믿었던 것뿐이지. 네 말대로 아직 밝혀지지 않은 사각지대나 트릭을 통해 김정모가 피해자의 시신을 옮겼을 거라고 말이야. 넌 아무 상관없었어. 근데 홈즈 사장님이 그러더군."

'홈즈'라는 말이 나오자 민광배가 고개를 들고 현재욱을 보았다.

"한 명이 더 있지 않느냐고."

예신은 그날 민광배의 핸드폰에 걸려온 윤숙의 전화를 보았다. 발신자의 이름과 함께 그녀가 프로필로 지정해 놓은 사진은 무지갯빛의 깃발이었다. 하지만 일곱 가지 색을 이용한 것이 아니라 남색이 빠진 여섯 개의 색을 이용한 깃발이었다. 뉴욕의 예술가이자 성소수자인 길버트 베이어가 여덟 가지 색으로 처음 만든 이래 여섯 개의 색으로 변모하며 전 세계적으로 성소수자들이 축제 등에서 사용하고 있는 깃발이었다. 우리나라 역시 퀴어 축제에서 사용했었다.

카페 홈즈의 사장 예신은 윤숙이 동성애자임을 알아챘다. 그래서 그녀의 당일 행적도 조사해보아야 한다고 했다.

"성소수자는 당연히 성소수자라는 이유만으로 탄압하거나 핍박해서는 안 돼요. 사랑하는 대상만 다를 뿐 평범한 인간이에요. 평범한 인간이니까, 범죄자가 나올 수 있어요."

용의자의 범주에 단 한 번도 들어가지 않았던 윤숙이 처음으로 수사 선상에 오르는 순간이었다. 그녀의 행적 조사 결과, 사건 이틀 전 피해자가 들어갔던 마트에서 찍힌 영상 속에서 그녀를 발견할 수 있었다. 그녀는 계속 피해자를 흘끗거리고 있었다. 피해자에게 스토커가 있었던 것은 아닐까 하여 확인하였을 때, 시시티브이를 분석했던 경찰관은 주변에 수상한 인물이 없다고 말했다. 내심 범인을 남자로 특정한 탓이었다.

"너 그래서 윤후 유학 보내려고 했던 거지?"

현재욱이 물었지만 민광배는 대답하지 않았다. 그는 아들을 후려치던 그날 아침을 떠올리고 있었다. 남자아이들의 수음은 특별한 일이 아니다. 그러나 그걸 본 순간 눈이 뒤집혔다. 제 엄마를 닮아 성도착증에라도 걸릴까 했던 그의 두려움을 건드렸던 것이다.

현재욱은 절차에 따라 민광배를 시신 훼손 및 유기, 그리고 범인 은닉죄로 체포한다고 다시 한 번 알렸다. 민광배는 순순히 양팔을 내밀었다. 차가운 수갑의 감촉을 느끼며, 그는 아들 윤후를 떠올렸다. 아들이 지금 어디에 있는지 그는 알지 못했다.

***

박스를 뜯자 초록빛 탱탱한 청귤들이 예신의 눈을 사로잡았다. 상큼한 향 때문에 입에 침이 고였다. 새 메뉴를 위해 제주도에서 특별히 주문한 청귤이었다. 창고에서 가장 큰 볼을 가져와 청귤을 씻어 내었다. 그리고는 새로 물을 담고 베이킹파우더와 식초를 풀었다. 한 시간 이상 이렇게 담가 두어야 소독이 된다. 껍질째 썰어 차를 담글 생각이었다.

새 메뉴는 청귤 에이드와 따뜻한 청귤차 두 가지로 결정했다.

작업을 마치고 젖은 손을 닦고 있을 때 문이 열렸다. 현재욱이었다.

"어서 오세요."

예신의 인사에 현재욱이 미소로 답하며 카운터 앞으로 왔다.

"커피 한잔하실 수 있을까요?"

그 말에는 주문의 의미도 있었지만 예신과의 대화를 요청하는 의미도 있었다. 아마 사건 해결에 조언을 준 데에 대한 감사의 인사를 하려는 듯했다.

오늘의 현재욱은 혼자였다.

예신은 현재욱의 얼굴에 드리워진 그늘을 보며 이미 사건이 어떻게 해결됐는지를 설명하지 않아도 알 수 있었다. 친구였지만, 어쩔 수 없는 일이다. 예신은 안타까운 듯 미소 지으며 말했다.

"오늘 커피는 '홈즈와 런던 산책' 어떠세요?"

현재욱이 대답 없이 웃었다.

▌정해연

소심한 O형. 덩치 큰 겁쟁이. 호기심은 많지만 그 호기심이 식는 것도 빠르다.

사람의 저열한 속내나, 진심을 가장한 말 뒤에 도사리고 있는 악의에 대해 상상하는 것을 좋아한다.

장편소설 『더블』, 『악의-죽은 자의 일기』, 『봉명아파트 꽃미남 수사일지』, 『지금 죽으러 갑니다』를 출간했고, 데뷔작인 『더블』은 중국과 태국에 각각 번역, 출간되었다.

2012년 대한민국 스토리 공모대전에서 「백일청춘」으로 우수상을 수상했으며, 2016년 YES24 e-연재 공모전 '사건과 진실'에서 「봉명아파트 꽃미남 수사일지」로 대상을 수상, 2018년 CJ E&M과 카카오페이지가 공동으로 주최한 추미스 공모전에서 「내가 죽였다」로 금상을 수상했다.

1981년에 태어나 오늘을 살고 있다.

죽은 이의 자화상

조영주

최근 경기도로 '귀촌'했다. 친구들은 어떻게 경기도가 귀촌이 되느냐고, 적당한 단어는 이사가 아니냐고 콧방귀를 뀌었으나 나에게는 나름 그럴듯한 이유가 있었다.

이사 온 동네는 나고 자란 곳인 데다 주변에 태어났을 무렵의 정취를 간직한 곳이 수두룩했다. 아파트에서 나와 걸어가면 5분도 안 되어 논밭이 나왔다. 그 너머 있는 읍사무소와 첨탑을 높이 세운 교회는 내가 태어났을 무렵부터 있던 건물들이다. 읍사무소 옆으로 펼쳐지는 개천을 따라가자면 심심찮게 콧속으로 소똥 냄새가 흘러들었다. 볕 좋은 날이면 개천 산책길 의자에 어르신들이 삼삼오오 앉아 담소를 나눴다. 오후 서너 시면 근처 중학생들이 하교를 했다. 교복 차림으로 달리는 아이들을 뒤따라 똥개들도 달렸다. 그런고로 이쯤이면 귀촌이란 단어가 어울리지 않겠냐는 것이 나의 지론이었다.

돌아온 고향. 나는 원고가 안 써지면 일단 개를 데리고 나가는 새로운 습관을 들였다. 내가 개를 끄는 건지 개가 나를 끄는 건지 모르겠는 산책을 하다 보면 영감까지는 아니더라도 그와 비슷한 것은 떠올랐다. 그런데 10월 8일은 여느 때와 좀 달랐다. 나는 산책의 끝에 영감 대신 예상치 못한 편지 한 통을 발견했다. 아파트 1층 현관 우편함에 카페 홈즈가 보낸 서류 봉투가 반으로 접혀 꽂혀 있었다.

카페 홈즈에서 우편물을 보내오다니 그것참 의아한 일이었다. 그리고 아무 기별 없이 편지가 불쑥 왔다는 점이 더 의아했다. 왜 그랬을까 생각하다가 나의 기벽을 떠올렸다.

나는 이달 들어 전화를 '또' 꺼놓았다.

쉽사리 집중하지 못하는 성격이다. 본격적으로 원고를 쓰기 시작하면 일단 전화부터 끈다. 나를 찾는 사람이야 갑갑해 죽을 지경이라지만, 정작 본인은 원고에 집중할 수 있으니 오히려 여유가 있다. 사소한 문제라면 전화를 끈 후 대충 둔 핸드폰의 행방을 좀처럼 떠올리기 힘들다는 사실 정도다. 나는 핸드폰이나 안경, 양말이나 보다 만 책 같은 물건을 아무 데나 둔다. 지난여름엔 핸드폰이 냉장고 안에서 울리기도 했다. 여름이 되어서 지나치게 뜨거워진 핸드폰을 냉장고에 넣었다가 그대로 잊어버렸다. 그런 고로 이번에는 냉장고부터 시작해 화장실까지 뒤졌다.

핸드폰은 안방 화장대 두 번째 서랍 개봉하지 않은 엄마의 영양 크림 아래에서 모습을 드러냈다. 면봉이나 손톱깎이 같은 잡스러운 물건의 소재를 묻다가 무심코 바꿔치기한 모양이었다. 핸드폰을 켰다. 그런데 상태가 안 좋았다. 설마 이제 와서 배터리 문제인가.

아이폰 배터리 문제가 세간에 회자된 일이 있었다. 내 핸드폰도 문제의 기종이었다. 당시엔 별문제가 없었다. 그런데 요즘 들어 이상해졌다. 너무 오래 사용해 배터리가 닳았는지, 본래 핸드폰의 기능인 '켜 두기'를 거의 하지 않은 탓인지, 내 핸드폰은 언젠가부터 메시지를 제때 수신하지 못했다. 특히 며칠씩 핸드폰을 꺼놨다가 다시 켜면 이틀이나 사흘 후에야 일주일 혹은 이주 전 누군가 보낸 메시지를 수신해냈다. 이런 식으로 없어지는 메시지는 아이폰 사용자끼리 주고받는 메시지가 유실되는 것이 대부분이었다. 그리고 내가 아이폰으로 주로 메시지를 주고받는 상대는 대부분 친구들이었다. 문제는 대부분을 제외한 나머지 경우였다. 업무상 주고받는 메시지 말이다. 하필이면 카페 홈즈 사장님도 나와 마찬가지로 아이폰 사용자였다. 핸드폰을 켜고 10분이 지나도록 메시지가 끊이지 않고 수신되었지만 카페 홈즈 사장님의 메시지는 보이지 않았다. 나는 슬슬 불안해졌다. 그렇다고 전화를 해서 사정을 묻는 건 내가 방금 전 우편물을 보는 순간 즉흥적으로 정한 '순서'에 맞지 않았다.

평소 나는 주변 사람들로부터 신경이 예민하고 여리다는 평을 받는 편이다. 예전에는 이런 말을 들으면 극구 부인했으나 나이가 드니 조금은 인정할 수 있게 되었다. 내가 이런 말을 듣는 까닭 중 가장 큰 연유라면 뭐든 순서대로 차근차근 처리하지 못하면 매우 화를 낸다는 데 있었다. 그리고 이날 내가 정한 순서는 '메시지 확인, 서류 봉투의 내용물 확인, 답신'이었다.

나는 서류 봉투를 앞에 두고 무릎을 꿇었다. 팔짱을 낀 채 핸드폰 화면만 노려보았다. 남들은 이러는 사이 다른 볼일을 본다거나 글을 쓰는 식으로 생산적인 일을 한다던데 나는 대체 이게 뭐 하는 짓인지, 한참 스스로를 혀 차며 5분이고 10분이고 핸드폰만 노려보다가 그것을 손에 들었다. 조바심 끝에 방금 전 만든 순서에 예외의 경우를 덧붙였다. 메시지가 오지 않을 경우 내가 먼저 메시지를 보낼 것.

바로 지나치다 싶을 정중한 어투로 카페 홈즈 사장님께 보낼 메시지를 작성했다. 안녕하세요, 윤해환입니다. 어느새 10월입니다. 잘 지내시나 모르겠습니다. 저는 밀린 마감을 하느라 다소 분주한 나날을 보내고 있습니다. 다름이 아니오라 오늘 보내신 우편물을 발견했기에 연락을 드립니다. 등기로 보이건만 왜 우편함에 꽂혀 있었는지 좀 의아하긴 합니다만, 아마도 이렇듯 보내주신 데에는 그럴 만한 의도가 있으신 것 같습니다, 까지 적을 무렵 홈즈 사장님의 메시지가 연이어 도착했다.

10월 1일
카페 홈즈 : 작가님~ 작가님 팬이란 분이 무슨 그림을 가져오셨네요~ 오늘
　　　　　 카페 홈즈 오세요?
10월 1일
카페 홈즈 : 작가님~ 일단 그림 맡아놨어요. 언제 오세요?
10월 1일

카페 홈즈 : 작가님~ 전화가 계속 꺼져 있네요~ 바쁘신가 보네~

10월 2일

카페 홈즈 : 작가님~ 오늘도 전화 꺼져 있네요~ 우편으로 보내드릴게요~

10월 3일

카페 홈즈 : 작가님~ 아침에 일반우편으로 보냈어요~ 등기로 보내도 없는
척하느라 문 안 열어줄 것 같아서~

10월 8일

카페 홈즈 : 작가님~ 우편물 잘 도착했나요? 도착했을 것 같던데~

카페 홈즈 사장님이 보낸 메시지에는 내가 궁금했던 모든 것이
적혀 있었다. 나는 작성하던 내용을 모두 지운 후 짤막하게 답장을
보냈다.

윤해환 : 네, 잘 도착했습니다. 신경 써 주셔서 감사합니다.

그리고 바로 서류 봉투를 뜯었다가 낯익은 남자의 얼굴과 조우
했다.

선거 때가 되면 곳곳마다 벽보가 붙는다. 희한하게도 후보들은
하나같이 같은 포즈로 어색하게 웃고 있다. 내가 받은 그림 속
남자도 딱 그런 어색한 웃음을 짓고 있었다.

이십 대 초반의 젊은 남자다. 얼굴이 적당히 통통하고 계란형이
라 섬세한 인상이다. 남자는 검은 테 안경을 썼다. 뿔테는 아니다.
아주 가는 테다. 머리가 꽤 길어 어깨에 닿을 듯하다. 남자는 긴

머리를 뒤로 살짝 묶었다. 내려오는 앞머리는 그냥 뒀다. 남들보다 조금 작은 듯한 눈은 웃고 있다. 뺨에는 그런 미소에 어울리는 보조개가 졌다. 연필로 그린 것을 축소 복사한 것이기에 피부색을 짐작하기는 힘들었다. 하지만 나는 남자의 얼굴이 창백할 정도로 밝으리라고 단정 지을 수 있었다.

나는 이 남자를 안다. 그리고 이 그림이 본래는 50호 크기의 캔버스에 그려진 데생이란 사실 역시 알고 있다. 문제는 왜 지금 이 시점에 자화상이 카페 홈즈를 통해 내 손에 왔느냐는 것이었다.

마음에 걸리는 것이 있다면 내 또 다른 기벽이었다.

지난 2011년, 추리소설가로 데뷔했을 당시 블로그를 꽤나 열심히 했다. 무심코 내 집 주소라던가 전화번호를 아무 거리낌 없이 노출했다가 얼마 지나지 않아 후회했다. 묘한 일을 몇 번 겪고 말았기에(이 일은 다른 기회가 생기면 이야기하겠다) 집 주소 등을 공개하는 일은 없어졌다. 대신 누군가 블로그 등 SNS 채널을 통해 '작가님, 무언가 보내드리고 싶어요' 혹은 '한 번 뵙고 싶어요'라고 이야기하면 어지간히 믿을 만한 사이에 한해 '카페 홈즈에서 보죠' 라던가 '카페 홈즈에 맡기세요' 같은 말을 하게 되었다. 그건 어디 까지나 글을 쓰느라 집에서 두문불출할 때를 제외하고 일주일에 두 번은 카페 홈즈에서 꼬박 하루를 보내기에 가능한 일이었다. 문제의 자화상이 카페 홈즈에 간 것 역시 '윤해환이랑 연락하려면 카페 홈즈에 가면 된다더라' 같은 소문이 퍼진 탓일 듯했다. 그렇 다고 하더라도 문제의 자화상이 지금 이 시점에서 카페 홈즈에

도착했다는 것은 의미심장했다. 이제 곧 남자의 기일인 10월 21일이 돌아오기에.

핸드폰을 손에 들었다. 카페 홈즈를 눌러 통화를 시도했다. 무미건조한 통화 연결음이 단 세 번 울렸을 뿐인데 벌써부터 인상을 썼다. 어렸을 때부터 사람 만나는 걸 싫어하던 것이 나날이 심해져 최근에는 통화를 하는 일조차 불편해졌다. 누군가와 대화를 나누고 나면 상대가 뒤에서 내 욕을 하고 있는 건 아닐지 이유 없이 불안해지는 것이었다. 그래서 나는 통화 자체를 꺼리게 되었다. 이런 내가 가까스로 스스로를 용인시킨 규칙이 통화 연결음을 열 번까지 세는 것이었다. 열 번까지 참고 걸어도 상대가 받지 않으면 끊는다. 그런 규칙을 세우고 나서야 나는 전화를 걸 수 있게 되었다. 물론 전화를 끊은 후 느끼는 이유를 알 수 없는 허탈감과 우울함, 누군가 날 욕하고 있을지도 모른다는 불안감은 여전했지만.

—네, 작가님.

카페 홈즈 사장님은 일곱 번 만에 전화를 받았다.

"그냥 끊으려고 했는데."

—네?

"아, 아닙니다."

나는 혼잣말을 했다가 당황했다. 혼자 있는 시간이 길어지면 혼잣말이 잦아진다. 나는 말을 잘하지 못한다는 죄로 개를 끌어안고 내가 쓰는 글을 토론하는 버릇이 있다 보니 최근 들어 무심코 혼잣말을 내뱉는 일이 더 잦아졌다.

"다름이 아니오라 도착한 서류 봉투 때문에 연락을 드렸는데요, 이걸 누가 맡겼습니까?"

― 여자분이셨어요. 작가님이 아시는 사이라던데.

"이름이나 연락처는 안 받으셨고요?"

― 그림에 적혀 있다고 하던데요.

"네?"

― 거기 보시면, 그림 뒤에.

아.

나는 그제야 내가 자화상 자체에 골몰하느라 뒷면은 확인도 하지 않았다는 사실을 깨닫고는 그림의 뒷면을 살폈다.

연락 바람. 010-XXXX-XXXX 착바.

"착한바보."

― 네?

"아, 아닙니다. 혼잣말입니다. 아무튼 감사합니다."

나는 대강 얼버무리며 전화를 끊은 후 문제의 전화번호를 노려보았다.

착바. 착한바보의 줄임말이었다. 나는 그를 오빠라고 불렀고, 그는 나를 해환이라고 불렀다. 자화상의 주인공이었던 커트가 살아 있을 때까지만 해도 우리는 그런 호칭이 서로에게 익숙한 사이였다.

20년 전, 진로를 문예창작학과로 잡고 대학에 들어가긴 했으나 대단한 작가가 되겠다는 마음가짐은 없었다. 그보다는 아버지가 만화가고, 그런 아버지가 원고를 돈으로 바꾸는 모습을 보며 자랐기에 돈을 벌려면 글을 써야 한다는 생각이 자연스레 머릿속에 박혔다는 편이 옳았다. 이런 내가 작가가 되겠다고 진지해진 건 어디까지나 PC통신 덕이었다.

당시 나는 PC통신에 중독되어 있었다. 아침에 일어나 새벽에 잠들 때까지 01410을 치면 나오는 파란 화면에서 살았다. 얼굴도 모르는 사람들과 하하호호 떠들어대는 일이 그렇게 좋았다. 그중에서도 내가 가장 좋아한 건 잡학상식퀴즈모임이라는 BBS였다. 말 그대로 세상의 온갖 잡다한 것을 다 이야기하고 그것을 몽땅 퀴즈로 만들어 푸는 일을 낙으로 삼는 곳이었다. 나는 게시판 활동은 물론이거니와 채팅과 정기 오프라인 모임 외에 이른바 '번개'까지 빈번히 참석했다. 사오십 대 법관이며 대학교수, 영화감독, 기자, 자유기고가 등을 비롯해 지역으로 따지자면 해남, 제주도, 심지어는 일본에 사는 중학생까지 다양한 인물 군상이 한자리에 모여 떠들어댔다.

잡학상식퀴즈모임은 BBS 외에도 거의 24시간 채팅방을 운영했다. 채팅방에서 멤버들은 모임의 성격에 걸맞게 딱히 안다고 해도 크게 도움이 되지는 않을 잡스러운 퀴즈를 주고받았다. 지금이야 모바일로도 인터넷을 하는 세상이지만 당시엔 모뎀 사용 시간당

요금이 청구되었으므로 24시간 채팅방은 현실적으로 거의 불가능했다. 이런 와중 누가 시키지 않았는데도 문제의 채팅방에서 상주하는 인물이 있었으니, 그가 바로 문제의 착한바보였다.

착한바보는 예전 PC통신 식으로 소개하자면 '남/26/고대서창95'이었다. 즉, 26세 남자로 95학번 고대 서창캠퍼스, 요즘으로 따지면 고대 세종캠퍼스에 재학 중이라는 뜻이었다. 착한바보는 수원 태생이라 학교 근처에서 자취를 했다. 군 제대 후 복학해 과외로 생활비와 등록금을 충당했다.

요즘의 캠퍼스 문화가 어떤지 잘 알 수 없으나 예전에는 복학생에다 혼자 자취를 한다고 하면 주변에서 귀찮게 했다. 특히 신입생에게 복학생은 밥이었다. 보이기만 하면 밥을 사달라고 엉기다 보니 복학생은 얼결에 지갑을 여는 일이 잦았다. 착한바보도 예외는 아니었다. 달려드는 신입생이 두려워 결석이 잦아졌다. 집에 있자니 심심해져서 새롭게 고른 놀 거리가 PC통신이었다. 24시간 꼬박 제 돈 들여가며 채팅방을 지킨다는 점으로 보자면 후배한테 밥 사 주는 돈이나 이 돈이나 도긴개긴이 아닐까 싶었지만 어쨌든, 착한바보는 참 착해서 갑작스레 찾아온 PC통신으로밖에 본 적 없는 이들을 재워주는 일도 잦았다. 그리고 착한바보의 자취방을 자주 들락거린 멤버 중에는 나와 커트, 웃긴코트니도 있었다.

예전에 이런 노래가 있었다.

백육십 센티미터의 키에 사십오 킬로그램 몸무게

웨이브진 갈색 머리 하얀 손 날씬한 허리와 다리
이런 여자 보신 분 연락 주세요

이 노래 속 주인공이 바로 웃긴코트니였다. 길을 가다가 백 명에
한 명 눈에 확 들어오는 사람이 있기에 누군가 하고 봤더니 웃긴코
트니더라 하는 농담 반 진담 반을 멤버끼리 심심찮게 주고받았다.

그런 웃긴코트니가 커트와 사귀기 시작하면서 둘은 누구도 부인
할 수 없는 잡학상식퀴즈모임의 공식 커플이 되었다.

커트는 가만히 있어도 멋졌다. 어깨까지 오는 긴 머리가 잘 어울
리는 이목구비의 남자는 요즘에도 흔치 않다. 그런데 커트는 더불
어 키도 컸다. 피부도 좋았다. 요즘 유행하는 남성용 BB크림을
바른 것처럼 뽀송뽀송, 어지간한 여자보다 얼굴에 윤이 났다. 이런
커트가 홍대 미대생이라며 얼굴을 그려주겠다고 연필을 들면 넘어
오지 않는 여자가 없었다.

웃긴코트니 역시 이런 식으로 커트가 초상화를 그려주면서 자연
스레 연인 관계가 되었다. 그리고 둘은 세계적으로 유명한 밴드
너바나의 커트 코베인과 코트니 러브를 흉내 내서 닉네임을 바꿨
다.

아니다.

그게 아니다.

먼저 닉네임을 바꾼 건 커트였다.

당시 잡학상식모임에는 너바나가 둘이었다. 둘의 영문 아이디는

각기 'KCOBAIN' 'COBAIN'으로 서로 너바나와 커트 코베인의 광팬이라고 주장했다. 네가 바꿔라, 아니다 내가 먼저 이 모임에 가입했으니 네가 바꾸는 게 옳다는 식으로 박박 우기다가 언제 어떤 연유로 죽은 그가 커트가 되고 다른 이가 너바나가 된 지까지는 정확히 기억나지 않지만, 그가 죽은 후 나는 이때의 일을 종종 떠올리며 스스로에게 묻곤 했다.

이때 그가 닉네임을 커트로 바꾸지 않았다면, 그는 죽지 않았을까.

너바나의 커트 코베인은 자살했다. 혹은 연인 코트니 러브에게 살해당했다는 의혹이 있다. 이건 내가 알던 커트의 경우와 흡사했다. 커트는 자살 혹은 웃긴코트니에게 살해당했다는 의혹을 받았으니까. 그러니 이때 닉네임을 너바나 혹은 커트 코베인과 전혀 관계없는 것으로 정했다면 운명이 달라지지 않았을까, 하는 것이 나의 바람에 가까운 상상이었다.

커트가 아직 웃긴코트니와 사귀지 않을 무렵, 나는 멤버들에게 같은 질문을 자주 받았다.

너희 둘, 사귀는 것 아니냐?

그때마다 나는 코웃음을 쳤다. 그런 말도 안 되는 일이 왜 불가능한지에 대해 이런 설명을 덧붙이곤 했다.

가족끼리 연애하는 거 봤어?

커트는 나와 동성동본이었다. 또, 커트의 여동생은 나와 동갑이고 이름도 비슷한 해원이라 서로 친남매처럼 지냈다. 단 한 번도 친족 회의에서 만난 적 없는 사이이긴 했으나 일단 성씨가 같다는 점만으로 쿵짝이 잘 맞았다. 어느 정도로 친했느냐면, 매일 밤 열 시만 되면 전화로 수다를 꼬박꼬박 떨 정도였달까. 커트는 여고 시절 친구들처럼 남들에겐 하지 못할 이야기를 내게 두서없이 털어놓았다. 예를 들어, 아버지 이야기라던가.

커트의 아버지는 육군 장교였다. 그는 커트가 사내답지 못하다는 점이 불만이었다. 머리를 길게 기르는 것도, 여자들과 몰려다니는 것도 마음에 들어 하지 않았다. 그는 미대에 가는 것도 반대했다. 커트가 대학에 들어간 후 입학금과 첫 학기 등록금만 내준 후 나머지는 네가 알아서 하라며 커트를 내쳤다.

커트는 아버지 이야기를 할 때면 꼭 마지막에 이렇게 물었다.

해환아, 너희 아버지였다면 날 이해해주셨겠지?

아버지가 만화가라면 사정이 다르지 않겠냐는 의문이었다.

내가 어떤 대답을 했더라. 잘 기억이 나지 않는다. 기억이 나지 않는 건 내가 그를 늘 건성으로 대했기 때문일 수도 있었다.

커트가 전화를 걸어오는 그 시각은 정확히 내가 PC통신에 접속해 퀴즈에 폭 빠진 시간이었다. 귀로는 커트의 말을 들으면서 눈은 파란 화면에 고정되어 있었다.

내 시원찮은 대답 탓이었을까, 아니면 그저 인정받고 싶어서였을까, 얼마 지나지 않아 커트는 아버지에게 인정받기 위해 자원입대라는 무리수를 던졌다.

당시 커트는 군 면제 대상이었다. 그런 커트가 자원입대라니, 왜 그런 결정을 하느냐고 언젠가의 번개 모임에서 누군가 물었을 때 커트는 대답했다.

아버지에게 인정받고 싶어서.

아버지는 육군 장교다. 그 아들이 군대에 가지 않는다면 남들이 어찌 보겠느냐는 이야기였다. 또 커트는 아버지에게 그림으로 인정받기 위해 보란 듯이 자신의 방 중앙에 50호는 족히 될 캔버스를 세우고 자화상을 그리기도 했다.

자화상.

50호는 족히 될 캔버스 가득 찬 커트의 얼굴.

이것이 젊은 날 아버지의 초상화라는 사실을 안 것은 커트가 죽던 날의 일이었다.

커트가 죽기 나흘 전의 일이다. 백일 휴가를 나온 커트는 나를 대학로 단골 술집으로 호출했다. 나는 당연히 그 자리에 웃긴코트니와 착한바보가 있을 줄 알았다. 하지만 오랜만에 본 커트는 혼자였다. 커다란 화통을 등에 멘 채 벌써 혼자 술을 마시고 있었다. 나는 그런 커트가 낯설었다. 혼자 술을 마시는 모습 탓이 아니라, 그의 짧은 머리를 처음 본 탓이었다.

"머리 웃기네."

"너도 만만찮네."

당시 내 머리는 분홍색 단발이었다.

나는 피식 웃은 후 자리에 앉았다. 종업원을 불러 담배꽁초로 가득 찬 재떨이와 빈 소주병 두 개를 비워달라고 부탁하고는, 새 소주가 오자마자 병을 땄다. 커트처럼 스스로 소주로 빈 잔을 채운 후 커트의 담배 한 대를 빌렸다. 테이블에 놓인 찢는 성냥의 마지막 한 개비로 불을 붙였다. 한 모금 빨아 마신 후 연기를 내뿜었다. 커트는 히죽 웃으며 나와 마찬가지로 담배를 입에 물더니 말했다

"야, 불 없다."

"아까 그게 마지막이야? 카운터에서 달라고 해?"

"됐어. 이리 와봐."

커트는 그렇게 말하더니 손을 뻗어 내 뒷머리를 잡았다. 살짝 잡아당기더니 자신의 새 담배 끄트머리와 내가 입에 문 담배 끄트머리가 닿게 했다. 맞닿은 새 담배는 서서히 연기를 내며 붉은빛을 띠었다. 담배의 불똥에 맞춰 내 가슴도 뛰었다.

처음이었다.

이렇게 가까이서 커트와 눈을 마주친 것은, 그의 손이 내 머리에 닿은 것은, 그리고 그가 내 머리를 쓰다듬으며 그저 가만히 바라본 것은.

이러면 안 되지.

나는 커트의 손을 툭 쳐서 떼어놓은 후 애써 이야기를 돌렸다. 왜 혼자인지, 웃긴코트니는 어디 갔는지. 커트는 대답 대신 잠시 날 가만히 바라보더니 피식 웃었다.

"내일 보기로 했다."

"잘 만나. 군화 거꾸로 꺾어 신지 말고."

커트는 웃었다.

그리고 대화는 끊겼다. 데면데면하게 굴다가 결국 소주 네 병 담배 세 갑을 비운 후 헤어졌다.

사흘 후, 10월 21일 자정 무렵 전화가 한 통 왔다.

나는 벨이 한 번 울리자마자 바로 받았다.

"여보세요?"

그날 이후 자꾸 커트 생각이 났다. 혹시 연락이 온다면 열 시에서 자정 사이겠거니 하며 이 시각마다 전화 옆에서 기다렸다.

"여보세요?"

상대는 말이 없었다. 나는 한 번 더 수화기를 본 후 혹시 PC통신으로 알게 된 누군가의 전화가 아닐까 싶어 컴퓨터 모니터의 파란 화면을 흘깃 보고 다시 한 번 말했다.

"여보세요?"

— 나다, 커트.

커트의 전화를 기다렸으면서도, 정말 상대가 커트라는 사실에 당황했다.

"오빠 어디야?"

— 밖.

"어쩌다가?"

군 복무규정에 대해 잘 알지 못하지만 3박 4일 휴가라면 이 시간 즈음에는 부대에 복귀해야 하는 게 아닐까 싶었다.

—그 그림, 나 아니다. 내 아버지다.

"뭐?"

—용건 끝.

내가 대꾸하기도 전에 커트는 전화를 끊어버렸다. 그리고 이게 커트의 생전 마지막 전화가 되어버렸다.

컹, 컹컹.

한참 옛 생각에 젖어 있던 중 개 짖는 소리에 정신이 들었다. 가을에 접어든 후 개는 베란다에 나가 밖을 보며 짖은 습관이 생겼다. 개는 집 바로 앞에 세워진 모과나무에 열린 열매를 노리는 것이었다. 모과나무에 달린 모과를 따서 달라는 뜻인지, 그저 심심해서 짖는 것인지는 구분하기 힘들었으나, 나는 개가 짖을 때마다 지금처럼 퍼뜩 정신을 차렸다.

어느덧 사위가 어두워지고 있었다. 핸드폰도 날 기다리고 있었다. 무음으로 돌려놓은 핸드폰 화면 가득 새로운 메시지와 부재중 전화가 찍혀 있었다. 나는 대체 저걸 언제 다 확인하나 한숨을 길게 내쉬다 결국 다 무시해버리기로 했다. 주방으로 갔다. 커피를 한 잔 내렸다. 머그잔에 담긴 커피를 홀짝이며 새삼 커트의 자화상을 들여다봤다. 그림을 뒤집었다. 뒷면의 전화번호를 살폈다. 옛기억을 떠올린 후 다시 보아 그런지 이 전화번호가 예전 착한바보가 들고 다니던 호출기 번호와 비슷한 것 같았다.

하지만 이 그림을 들고 온 건 여자였다.

그건 누구였을까.

카페 홈즈로 자화상을 들고 나를 찾아온 게 커트의 동생 해원이
라면 별문제가 되지 않는다. 예전 일을 떠올리며 서로 슬퍼하고,
얼굴을 보는 일 정도야 충분히 가능하다. 물론, 해원은 내가 아직
까지 결혼하지 않았다는 사실에 조금 안타까워하긴 할 것이다.
로맨틱한 향수에 젖어 어쩌면 내가 결혼을 하지 못한 것은 커트의
죽음 탓은 아니었을까 염려하리라. 그리고 나는 해원에게 그건
아니다, 다만 어쩌다 보니 이렇게 됐을 뿐이라고 말하겠지.

하지만 문제의 여자가 웃긴코트니라면 어떨까.

시간이 지날수록 이 경우가 훨씬 가능성이 높아 보였다.

해원이라면 자신의 이름을 적었으리라. 이렇듯 자화상 뒤에 착
바라는, 내가 보자마자 바로 떠올릴 닉네임을 적을 까닭이 없었다.

역시 웃긴코트니다.

확실하다.

전화를 걸어서 확인하면 될 일이건만 쉽지 않았다. 언제나 그렇
듯 문제는 내 글이었다. 카페 홈즈 사장님과 전화 통화를 하면서
이미 집필의 리듬이 끊겼다. 딴생각에 빠져 원고를 전혀 쓰지 못했
다. 그런데 지금 이 상황에서 20년 전 지인과 통화를 한다면 얼마
나 더 흔들릴지, 그 일이 내 원고에 얼마나 더 안 좋은 영향을
줄지 상상조차 하고 싶지도 않았다. 무엇보다 문제의 여자가 보내
온 것은 죽은 이의 자화상이다. 정확히 말하자면 죽은 커트의 아버
지, 그의 젊은 시절을 그린 포트레이트다. 이런 그림을 동봉하며

내게 연락하길 부탁했다면 이유는 하나밖에 없었다. 다시 커트의 죽음을 논하자는 것이겠지.

나는 싫었다. 전화를 걸어 예전 이야기를 했다가는 20년 전 자신으로 돌아가 또 혼란과 분노에 휩싸일 것 같았다.

커트가 죽은 당일, 장례식은 사람으로 북적였다. PC통신 멤버들은 물론이거니와 커트의 아버지가 현직 국군 장교이다 보니 군인들도 꽤 눈에 보였다.

나는 눈물 흘릴 여유조차 없었다. 혼란스러웠다. 자정 무렵 짤막하게나마 통화를 한 커트가 죽었다니 대체 이게 무슨 상황인지 이해가 되지 않았다. 만에 하나 커트의 죽음에 나와 나눈 전화 통화가 관련이 있으면 어쩌나, 혹여 이야기가 와전되어 군대 내부에서 커트의 자살을 조사하고 있다면, 그래서 그들이 날 의심스럽게 생각하면 어쩌나 두려웠다.

이렇듯 긴장했건만 날 신경 쓰는 이는 아무도 없었다. 커트의 영정 앞에서 절을 올린 후 자리를 이동했다. 낯익은 얼굴들이 삼삼오오 앉은 테이블에 적당히 끼어들었다. 가벼운 안부를 주고받은 후 담배를 나눠 피우고 서로의 빈 잔을 채웠다. 소주 몇 잔 담배 몇 개비를 피웠을 무렵 누군가 말했다.

"커트가 죽은 곳이 부대 근처였다며."

기다렸다는 듯 다른 멤버들이 차례로 입을 열어 물었다.

"자살이라던데."

"관심사병이었다는 이야기도 있어."

"훈련소에서도 적응을 못했다고 들었어."

커트가 죽은 장소는 부대에서 약 10킬로미터 정도 떨어진 부근 고속도로였다. 커트는 갓길에 혼자 서 있었다가 차에 치였다. 여기서 중요한 것은 갓길 주변에 사람이 오갈 비상구가 없다는 사실이었다. 그래서 멤버들은 추측하고 있었다. 누군가 커트를 그곳에 데려갔다. 내려놓고 도망쳤다. 그것이 장례식에 나타나지 않는 착한바보와 웃긴코트니, 둘 중 한 명일 것 같다는 이야기였다.

나는 일단 잠자코 들었다. 그러다 이야기가 잠시 끊겼을 무렵, 왜 그런 생각을 하느냐고 물었다. 그랬더니 나름 타당한 이유가 있다는 대답이 돌아왔다.

"웃긴코트니가 고무신 거꾸로 신었다며. 착한바보랑 사귄다던데. 그래서 둘이 커트에게 술을 먹여 의도적으로 고속도로에 내려두고 떠난 거라며."

셋 모두와 잘 어울리던 네가 뭔가 알고 있는 것 아니냐는 표정이었다. 그 표정이 낯익었다. 시간을 죽이기 위해 퀴즈를 주고받을 때 짓던 호기심 넘치는 얼굴들.

나는 소주병을 손에 쥐었다. 그대로 병째 입으로 나발 불었다. 손등으로 입술에 묻은 소주를 닦은 후 소리 나게 테이블에 소주병을 내려놓았다.

"사람이 죽었는데 퀴즈나 하자고?"

내 분노는 확실하게 전해졌다. 멤버들은 다른 이야기로 말을 돌렸다. 하지만 멤버들은 누군가 장례식장에 들어설 때마다 흘낏 거렸다. 그중 착한바보와 웃긴코트니가 있는지 확인이라도 하려는 듯이.

차가 끊기기 전 멤버들은 돌아갔다. 나도 따라갈 셈이었으나 뜻밖의 인물에게 붙잡혔다.

"어디 가려고, 윤해환."

커트의 여동생, 나와 동갑이자 이름이 한 끗밖에 차이가 나지 않는 해원이 날 잡았다. 아무 데도 가지 말라고, 대체 어딜 가려고 하냐는 말에 결국 나는 상복만 안 입었을 뿐이지 커트네 가족이나 다름없는 사흘을 보내야 했다.

사흘 내내 나는 줄곧 착한바보와 웃긴코트니를 기다렸다. 몇 번이고 호출기에 메시지를 남겼다. 언제 올 거냐고 대체 어디 간 거냐고 물었다. 단 한 번도 답신은 오지 않았다. 장례식장으로 날 찾는 전화가 오거나 하는 일도 없었다.

내 의심은 점점 커져만 갔다. 멤버들이 한 이야기, 커트를 고속도로에 놓고 도망친 게 착한바보와 웃긴코트니라는 가설, 둘이 사귀는 사이라서 커트를 버리고 간 거라는 이야기가 머릿속을 떠나지 않았다. 웃긴코트니의 평소 버릇이 떠오른 탓이었다.

웃긴코트니는 당시 유명한 노량진의 한 입시학원 강사였다. 학기 중에는 정오 즈음 출근해서 밤 10시, 심하면 새벽 2시까지 백묵을 던져대며 영어를 가르쳤다. 에어로빅, 암벽등반, 번지점프 등

스트레스를 풀기 위해 갖가지 익스트림 스포츠를 시도한 끝에 마지막에 '꽂힌' 것이 운전이었다. 웃긴코트니는 스트레스를 받을 때마다 고속도로를 탔다. 한계까지 액셀을 밟아댔다.

커트가 죽던 밤에도 웃긴코트니가 스피드를 높여야 할 일이 생겼다면 어떨까. 커트가 착한바보와 웃긴코트니의 사이를 수상하게 여겼다면, 그 탓에 언쟁을 벌이다가 웃긴코트니가 고속도로를 달렸다면, 커트가 중간에 고속도로에서 내렸다가 사고를 당했다면 어떨까. 말도 안 된다고 생각하고 싶었다. 하지만 생각하면 할수록 그럴듯했다. 나는 이런 가설을 머릿속에서 지워버리기 위해서라도 착한바보와 웃긴코트니가 장례식장에 나타나길 바랐다. 하지만 결국, 착한바보와 웃긴코트니는 장례식장에 나타나지 않았다.

웃긴코트니와 착한바보를 재회한 건 일주일 후 PC통신 채팅방에서였다. 둘은 아무 일 없었다는 듯 PC통신에 접속했다. 웃긴코트니는 닉네임을 웃긴바보로 고쳤다. 멤버들은 그런 웃긴코트니에게 장례식에 관한 이야기를 전혀 하지 않았다. 그보다는 착한바보와 사귀게 되었냐고 물었고, 웃긴코트니는 단번에 그렇다고 대꾸했다. 멤버들은 웃으며 외마디 '축'을 날렸다. 누군가 퀴즈의 정답을 맞힐 때마다 그러하듯이.

나는 웃지 않았다. 축하도 하지 않았다.

다 싫었다.

조용히 채팅방을 나와 다시는 PC통신에 접속하지 않았다.

입에서 비릿한 피 냄새가 났다. 정신을 차려보니 입을 너무 꽉 다문 나머지 입술에서 피가 나고 있었다. 양손에 쥔 자화상 역시 너무 세게 쥔 탓에 구겨져 있었다.

나는 가끔 지나칠 정도로 상세하게 모든 것을 떠올린다. 그런 일을 결코 원하지 않는데도 불구하고 세 살 적 일, 다섯 살 적 기억이 떠오를 때면 당시와 같은 감정을 느끼고는 깊은 상실감에 젖는다. 그때의 나를 잊었던 게 미안해서, 그 시절의 나를 먼 기억 속에 집어넣은 채 흘러온 내가 야속해서.

지금 또 그러고 있었다. 20년 전 일을 갑작스레 어제 일처럼 생생하게 떠올리고는 분노에 몸을 맡겨버렸다.

"웃기고 있네."

나는 이런 스스로를 소리 내 비웃었다.

기억력이 좋으면 뭘 하나, 지금껏 커트를 부인해온 주제에. 어떻게든 잊으려고 애쓴 주제에.

내가 커트를 잊으려고 노력한 증거는 지금도 거실 서재 구석에 차곡차곡 쌓여 있다.

삼일장이 끝나고 일주일이 지난 어느 날의 일이었다. 해원이 전화를 해왔다. 커트의 유품을 정리할 생각인데 혹시 갖고 싶은 것이 있으면 물건을 나눠 갖자며 나를 찾았다. 해원이 나를 챙겨주는 것이 감사했다. 더불어 이런 일로 집에 초대를 받았다면 다른 커트의 친구들도 집에 와 있겠구나, 소소한 규모의 추모회가 열렸겠구나 생각했다. 그런데 커트의 집은 텅 비어 있었다. 나와 해원이 전부였다. 이게 어찌 된 일이냐, 다른 사람들은 언제 오느냐고 묻자 해원은 가볍게 고개를 저으며 말했다.

"아버지는 해환이 너만 오라고 하셨어."

왜 나를.

잠시 의아한 기분이 들었지만 토는 달지 않았다.

분위기 탓이었다.

오랜만에 온 커트의 집은 지나치게 고요했다. 삼일장 내내 같이 있었던 커트의 부모님은 자리에 없었다. 40평에 가까운 커트의 집에서 해원 혼자 나를 기다리는 풍경에는 이 이상 아무것도 묻지 않으면 좋겠다는 적막이 흐르고 있었고, 나는 그를 거스르고 싶지 않았다.

해원과 거실에서 함께 인스턴트커피를 나눠 마신 후 커트의 방으로 향했다. 커트의 방문을 열고 안에 들어갔을 때 가장 먼저 떠올린 것은 그가 그리던 50호짜리 포트레이트였다. 문제의 그림은 제자리에 없었다. 다른 곳으로 치우거나 했겠지 생각하며 주변을 둘러보았다. 그러다 한쪽 귀퉁이에 선 책장에서 10년 치 신춘문예 당선 작품집을 발견했다. 내가 그 책을 가만히 바라보자 해원이 말했다.

"오빠는 신춘문예에 한 번쯤 당선되고 싶다고 했어."

"소설가가 되고 싶었던 거야?"

"글쎄."

해원은 잠시 일렬로 놓여 있는 책을 바라보다가 말했다.

"그러고 보니 그걸 한 번도 묻지 않았네."

해원이 울었다. 나는 주머니를 뒤져 손수건을 꺼내 해원에게 내밀며 말했다.

"이 책들, 내가 가져가도 될까?"

내가, 그 꿈을 이뤄줄게.

뒷말은 차마 잇지 못했다. 하지만 해원은 내가 문창과에 다니고 있다는 사실을 알았다. 그래서 속뜻을 짐작했을까, 작게 고개를 끄덕였다. 나는 그런 해원을 마주 보다가 결국 함께 울음을 터뜨렸다.

집으로 돌아온 나는 커트의 유품을 책상에서 가장 잘 보이는 곳에 꽂았다. 신춘문예에 등단하는 것을 목표로 소설을 쓰기 시작했다.

얼마 안 가 열정은 식었다. 단편소설 습작을 거듭하는 도중 친구들에게 연달아 '너는 신춘문예 풍이 아니다'라는 말을 듣다 보니 대학을 졸업한 2002년 즈음에는 완전히 소설에 흥미를 잃었다. 아예 진로를 바꿔 영화 시나리오로 빠졌다.

자연스레 커트의 유품을 들여다보는 일도 사라졌다.

나는 자화상을 든 채 다시 거실로 갔다. 여전히 개는 베란다에서 밖을 내려다보고 있었다. 질리지도 않는지 모과나무를 내려다보며 꼬리를 흔들었다. 나는 그런 개를 흘깃 본 후 거실 한편을 가득 채운 서재로 다가갔다.

이사를 오고 나서 거실에 서재를 짰다. 보지 않게 된 오래된 책은 아래쪽 서랍에 차례로 쌓았다. 그 서랍 어딘가에 커트의 유품 이 놓여 있었다. 베란다 쪽부터 차례로 서랍을 열었다. 첫 번째 서랍에서는 오래된 추리소설이, 두 번째 서랍에는 아까워서 못 쓰는 노트들과 갖은 서점 사은품이 모습을 드러냈다.

10년 치 신춘문예 당선 작품집.

해원이 나를 불러 커트의 집에 갔을 때 이미 자화상은 없었다. 그래서 나는 이 책을 챙겼다.

당시 나는 문제의 자화상을 어딘가 치웠을 거라고 여겼다. 하지 만 자화상이 그전에 이미 없어졌다면, 이미 자화상이 웃긴코트니 나 착한바보의 손에 가 있었다면 어떨까.

커트는 죽기 직전 전화를 걸어 문제의 자화상을 언급했다. 그건 자신의 아버지를 그린 거라고 말했다. 왜 내게 그 말을 한 것인지 당시에는 알 수 없었지만 20년이 지나고 난 후 그림과 재회하니 알 것도 같았다. 커트는 웃긴코트니와 착한바보, 둘 중 한 명과 그림을 두고 언쟁을 벌인 것이다. 그러다 일이 틀어져 고속도로까 지 가게 된 것이었으리라.

웃긴코트니는 평소 커트에게 자화상을 그리는 취미가 있다는 사실을 알고 있었다. 그래서 백일 휴가를 나온 커트에게 자화상을 달라고 했다. 하지만 커트가 이건 안 된다고, 다른 사람에게 주려고 그린 그림이라고 이야기했다면 어떨까.

웃긴코트니는 그 다른 사람을 '자신이 아닌 다른 여자'라고 여겼을 수도 있다. 해원은 어땠나. 해원은 오빠의 유품을 나눠 갖자며 나를 불렀다.

둘은 같은 오해를 하고 있었던 건 아니었을까.

커트의 정말 소중한 여자는 웃긴코트니가 아니라 나라는 오해.

말도 안 되는 오해다. 나와 커트는 아무리 생각해도 그런 분위기가 아니었다.

하지만.

그렇게 생각한 건 나뿐이었다면 어쩌나. 정말 관심이 있었던 거라면, 내가 워낙 아무 생각이 없어서 감정을 이해하지 못한 채 그런가 보다 하고 내버려 둔 거라면 어쩌나.

가능성은 있다.

커트는 백일 휴가를 나오자마자 나부터 찾았으니까. 나는 평소와 다름없이 아무 말도 안 하고 묵묵히 술만 마시다 돌아갔지만 이런 나를 가장 먼저 찾은 게 커트였다.

다른 사람들 눈에는 묘해 보였을 수도 있었으리라. 웃긴코트니와 커트가 사귀기 전까지는 사이를 의심받은 일도 있었으니 충분히 가능하리라.

그래서 웃긴코트니가 질투를 했다면, 애정의 증거로 자화상을 달라고 했다면 어떨까. 커트는 거부했다. 몸싸움이 났다. 커트는 정신을 잃었다. 당황한 웃긴코트니는 착한바보를 불렀다. 착한바보는 둘을 말리겠다고 서창에서 서울까지 한달음에 왔다. 자신의 집에 가서 이야기하자며 말렸다. 한참 고속도로를 타고 가던 중 커트가 정신을 차렸다. 당황했다. 뭐가 어떻게 되었느냐고 물었다. 착한바보는 머리를 식힐 겸 고속도로를 타고 있다고 이야기했다. 그러자 커트는 고속도로에서 내려달라고 말했다. 그리고 내게 전화를 걸어서 그림의 이야기를 한 후 자살했다.

말도 안 되는 소리.

실제로 일어났던 일을 추리하려 들다니, 제대로 된 정보도 없이 기억에만 의존하고 반 정도는 상상에 맡기다니, 한참 잘못됐다. 전화를 걸어야 했다. 이 이상 망상이 번지는 걸 막기 위해서라도 전화를 거는 일이 중요했다.

이 순간 상대에게서 전화가 온다면 얼마나 좋을까.

물론 그런 일은 불가능하다. 상대는 내 전화번호를 모르니까 문자로 내 번호를 알리는 수가 있기는 했다. 하지만 이후 전화가 오기만 기다리느라 전전긍긍하며 아무것도 못할 것을 상상하자면 역시 내가 전화를 거는 게 정답이었다.

하지만 도저히.

아무리 그래도 여전히.

나는 전화를 걸 용기가 나지 않았다.

대신 애꿎은 신춘문예 책을 폈다. 1990년대부터 뽑혀온 단편소설들, 아직 인터넷이 세상을 점령하지 않았던 시절의 문학을 한 장 한 장 들여다봤다. 내용을 읽는 건 아니었다. 그냥 글자를 그림

보듯 눈으로 훑는다고나 할까.

그러다가 묘한 낙서를 발견하고 말았다.

순진하지 않은 척하느라 바빴다. 다 보고 경험했다, 그것도 너보다 먼저.

1990년 신춘문예의 중간 즈음, 세로로 이런 문장이 적혀 있었다. 그리고 또 얼마 지나지 않아 문장이 적혀 있었다.

서서히 사라지기보다 한 번에 타버리는 것이 낫다.

뒤의 문장은 낯이 익었다. 이건 커트 코베인의 유명한 명언 중 하나였다. 그렇다면 위의 문장 역시 커트 코베인의 명언일까.

나는 컴퓨터를 켜서 검색엔진에 문제의 문장을 검색했다. 그랬더니 어렵잖게 문제의 문장이 커트 코베인의 명언이란 결과가 나왔다. 이외에도 책에는 몇 개고 그의 명언이 더 적혀 있었다.

무언가 다른, 정말로 다른 일을 하고 싶은데, 그래서 사람들로부터 멀어져도 할 수 없다.

나는 오늘 친구들을 찾아서 너무 행복하다. 그들은 내 머릿속에 있다.

다른 누군가가 되기를 원하는 것은 자신을 버리는 것이다.

만약 죽는다면, 완전한 행복을 찾고 영혼은 어딘가 다른 곳에서 살게 되겠지.
나는 죽음이 두렵지 않아. 죽음 이후의 완전한 평화와 다른 누군 가가 되는 것이 내가 항상 꿈꾸던 것이니까.

1990년이면 아직 커트는 초등학생이었으리라. 그때 이 책을 보 며 메모했을 리 없다. 커트 코베인이 죽은 건 1994년, 내가 아는 커트가 대학에 들어간 건 1997년의 일이다. 당시엔 인터넷이 없었 다. 커트 코베인의 메모가 국내에 들어오려면 상당히 복잡한 경로 가 필요했으리라. 커트가 이런 정보를 얻은 건 대학 이후라고 보는 게 옳았다.

20년 전에도 이런 메모를 봤던가. 기억에 없었다. 보고도 무심코 지나쳤을지도 모른다. 인터넷이 없던 시절이니 뜻을 몰라 무시했 을 가능성이 높았다. 지금 보니 감회가 남달랐다. 그건 이 문장들 이 커트 코베인의 명언이란 사실을 안 덕일 수도 있었다. 그리고 이 명언 중 몇 개가 커트 코베인의 유언에 새겨져 있었다는 사실을 안 덕일 수도.

나는 불현듯 떠올린다. 은박지로 자기 자신을 만들던 커트. 그런 자기 자신을 재떨이에 앉히고 화형 시켰던 커트를.

20년 전엔 카페마다 흡연이 가능했다. 그러다 보니 만나서 할 말이 없으면 담배를 입에 물고 멍청히 앉아 있는 일이 잦았다. 심할 때면 이렇게 비운 담뱃갑이 다섯 갑 열 갑 한 보루 탑처럼 쌓였다. 커트는 담뱃갑을 가만두는 법이 없었다. 엔간한 여자보다 고운 손으로 담뱃갑에서 은박지만 벗겨내 사람의 형태를 만들자면 여자들은 황홀한 표정을 지었고, 남자들은 나도 이 정도는 할 줄 안다고 우쭐댔다. 어린 시절을 떠올리며 각기 은박지 종이접기를 했다. 탱크며 거북이 학부터 시작해 개구리 돛단배까지 차례차례 탁자에 올리자면 분위기는 자연스레 부드러워졌다.

중요한 건, 이런 일련의 쓸데없는 행위의 끝에 커트가 하는 일이 었다. 커트는 그날그날 술자리에서 만드는 자기 자신을 불태웠다. 바닥에 티슈를 깔고 물을 살짝 묻혀 놓은 재떨이 위에 자기 자신을 세우고 라이터를 갖다 댔다. 화형 시켰다. 새까맣게 타버려 재가 될 때까지.

서서히 사라지기보다 한 번에 타버리는 것이 낫다.

나는 상상한다.

커트가 문제의 자화상을 완성한다. 아버지에게 보인다. 아버지는 탐탁찮아 한다. 커트는 웃긴코트니에게 문제의 그림을 보이며 하소연한다. 웃긴코트니는 그런 커트를 달래기 위해 드라이브를 떠난다. 커트는 고속도로에서 세워달라고 말한다. 그러고 내게 전화를 건다.

말도 안 되는 상상이다. 웃긴코트니가 고속도로에서 커트가 갑자기 내린다고 했다면 그런 그를 혼자 둘 리 없다. 그리고 그런 상황에서 커트가 전화를 걸 까닭도 없다. 뭣보다 무슨 수를 내서 고속도로에서 전화를 걸었을까.

당시엔 핸드폰이 전 국민적으로 보급되기 전이었다. 커트는 군대에 들어갈 예정이었으니 더더욱 없었다. 그런데 커트가 내게 전화를 걸었다. 대체 어떻게?

웃긴코트니도 착한바보에게도 핸드폰은 없었다. 그렇다는 말은 제삼자의 전화기를 빌렸다는 이야기가 된다.

아니, 뭣보다.

전화를 걸어서 한다는 말이 하필이면 그림의 정체라고?

다시 시각을 확인했다. 밤 11시에 가까웠다. 조금 늦긴 했지만 20년 만의 지인에게 전화하기에 아주 늦은 시각은 아니었다.

더 망설이지 말고 전화를 걸자.

나는 일단 세수를 했다. 갑작스러운 그림에 과거의 일을 떠올리느라 산책에서 돌아온 후 씻지도 못하고 있었다. 전화를 들고 심호흡을 한 번 더 한 후 가까스로 문제의 전화번호를 눌렀다. 열 번이 울리고 나면 끊을 셈이었지만 그런 일은 일어나지 않았다. 상대는 고작 세 번 만에 전화를 받았다.

― 여보세요.

목소리를 듣자마자 나는 그가 착한바보란 사실을 알았다. 20년 전과 같은 목소리였다. 약간 혀가 짧은 듯한, 어딘지 모르게 퉁명스러운 목소리.

"나 해환인데."

— 아, 오랜만. 나야, 착바. 착한바보.

"카페 홈즈로 왔다는 사람은 누구?"

— 우리 바보. 그러니까 영애. 웃긴코트니. 아니 웃긴바보. 아무튼. 결혼했어, 우리.

착한바보는 횡설수설했다. 나만큼 긴장한 걸까.

"아이는?"

— 남자아이 둘.

착한바보와 통화를 이어갈수록 나는 슬슬 열이 올랐다. 20년 전 기억이 떠올랐다. 왜 그때 장례식에 안 나타났는지, 어떻게 뻔뻔하게 둘이 연인이 되어 PC통신에 나타날 수 있었는지.

나는 묻고 싶은 기분을 가까스로 참고 있었다.

— 미안하다. 이제야 연락해서, 정말 할 말이 없다.

그러다 결국, 착한바보가 연이은 말에 폭발해버렸다.

"그럼 연락하지 말지."

이럴 셈은 아니었는데, 말 그대로 쏟아부어버렸다.

"나는 다 잊고 있었는데, 왜 갑자기 연락하는데? 대체 왜 그림을 나한테 보내온 건데?"

— 이제야 생각나서. 찾아서. 그래서.

"뭘 찾아?"

—그림. 유실했다가. 창고에서.

유실됐다니, 이건 또 무슨 소리인가.

—커트는 너한테 그 그림을 전해달라고 부탁했어. 너라면 그 그림의 의미를 알 거라고.

이후 착한바보가 약간 가라앉은 목소리로 띄엄띄엄 전한 이야기는 내가 상상한 두 가지 가정과 전혀 다른, 어찌 보자면 싱거울 수도 있을 수준의 것이었다.

커트가 자살한 날, 그는 내 예상대로 웃긴코트니와 착한바보를 만났다. 커트는 거대한 화통을 갖고 나타났다. 문제의 화통을 웃긴코트니와 착한바보에게 부탁하며 말했다.

해환이한테 전해줘.

그러고는 웃긴코트니를 꽉 끌어안고 미안해, 라고 말한 후 만취한 상태로 택시를 타고 사라졌다.

문제는 커트가 떠난 후에 터졌다. 웃긴코트니는 커트가 맡긴 그림의 정체를 확인한 후, 왜 자신에게 미안하다고 말했는지 깨달았다.

화통 안에 든 50호 크기의 자화상을 해환에게 맡겼다.

웃긴코트니는 그것을 헤어지자는 뜻으로 받아들였다. 어린애처럼 길거리에서 대성통곡했다. 착한바보는 그런 웃긴코트니를 달래느라 쩔쩔매다가 근처 여관방을 잡아 하룻밤을 보냈다.

다음 날, 여관방에서 깨어난 둘에게도 어김없이 커트의 부고는 날아들었다. 부고를 들은 웃긴코트니는 말 그대로 실신해버렸다. 문제의 그림을 해환에게 전해달라고 한 말을 다시 떠올리고는 목 놓아 울었다. 착한바보는 그런 웃긴코트니가 불쌍했다. 한편으로 는 커트에게 분노했다. 그래서 착한바보는 장례식장에 가지 않기 로, 내 연락 역시 무시하기로 한 것이었다.

이후 웃긴코트니는 닉네임을 바꿨다.

웃긴바보.

사실 둘은 사귀는 사이는 아니었다. 다만 커트와 몰래 사귀는 사이가 된 걸 용서할 수 없어서 복수하고 싶었단다. 웃긴코트니 역시 다른 사람이 생겼다는 걸 보여주고 싶어서 닉네임을 바꿨단 다. 시간이 흘러, 둘이 정말 사귀고 결혼까지 한 건 몇 년 후의 일이었단다.

문제는 이후 그림의 행방이었다.

웃긴코트니는 커트의 그림을 내게 전해주느냐까지 생각할 여유 가 없었다. 그림을 챙긴 건 착한바보였다. 커트의 행동은 이해가 되지 않았다. 왜 웃긴코트니에게 그렇게 큰 상처를 주며 해환에게 그림을 전해달라고 한 건지, 자신이라면 그러지 않았을 거라고 여기면서도 커트의 유작일 수도 있는 그림을 아무 데나 버릴 수는 없었다. 그래서 몰래 문제의 그림을 챙겼다. 자신의 자취방으로 가져왔다.

20년이 지났다. 내가 책장 서랍에 쌓아둔 10년 치 신춘문예처럼 커트의 유작 역시 착한바보의 짐과 함께 흘러 다녔다. 그 사이

착한바보와 웃긴코트니는 결혼을 했다. 아이도 낳았다. 이런 둘이 문제의 그림을 떠올린 건 어디까지나 우연이었다.

최근 웃긴코트니가 우연히 서점에서 내 책을 발견했다. 추리소설가라는 설명과 함께 꽤 많은 책을 냈다는 프로필을 보고는 오래전 사건보다 반가움이 먼저 떠올랐다. 그땐 그랬지 하는 기분으로 내 책을 읽은 후 착한바보와 옛이야기를 주고받다가 문제의 그림이 어찌 되었을까 궁금해졌다. 그렇게 부부는 다시 그림을 들여다봤다.

영원히 아물지 않을 것 같았던 상처는 이제 아무렇지 않았다. 그런 일이 없었다면 둘이 부부가 되고 아이를 낳아 기르는 일도 없었을 것이라고 생각하자니 커트의 죽음은 모기에게 물려 살짝 가려운 수준의 생채기에 불과했다. 둘은 문제의 그림을 본래 받아야 할 이에게 전해주고 싶어졌다. 내가 카페 홈즈에 자주 간다는 소문을 듣고 무작정 복사본을 들고 찾아갔다. 그림을 본다면 분명 연락을 해오겠지, 하는 생각으로.

그런 일이 있었구나, 하며 서서히 분노를 삭여가던 내가 한 번 더 화를 낸 것은 이후 착한바보가 덧붙이듯 한 번 더 강조한 말 탓이었다.

—이제야 연락해서 미안하다. 하지만 웃긴코트니 마음도 이해해줘. 나도, 웃긴코트니도, 너희 둘이 그런 관계일 거라고는 전혀 상상도 하지 못했어.

"오해거든. 나랑 커트는 아무 사이도 아니었다고."

―하지만 커트는 그 그림을 너한테 전해주라고 했는데.

"아 글쎄, 그건 커트 아버지라니까 그러네."

나는 완전히 20년 전 나로 돌아가 버렸다. 한 번 화가 나면 앞뒤 안 가리던 옛날 성격 그대로 말을 퍼부었다.

"커트는 자기 아버지의 젊은 날 얼굴을 그리고 있었어. 그걸 나한테 주고 싶어 한 거라고. 그리고 두 사람도 그래. 뭔가 오해가 생겼다면 일단 나랑 이야기하는 게 우선이지, 화가 났다고 보란 듯이 날 씹어? 사귀는 척을 하다가 뭐, 정말 사귀고 결혼을 해? 그러고 20년 후에야 연락을 해?"

물론, 착한바보는 이런 내 짜증을 듣고 있지만은 않았다. 끈기 있게 마지막까지 들은 후 물었다.

―그런데 너는 그게 커트 아버지 그림이라는 걸 어떻게 알았는데?

"전화가 왔어."

―무슨 전화?

"죽기 직전, 커트가 나한테 전화를 해서 그게 아버지 그림이라고 말했어."

이 말에 잠시 착한바보가 조용해졌다. 나는 전화가 끊긴 건가 싶어 핸드폰에서 얼굴을 잠시 뗐다. 화면에 통화 중 표시가 떠 있는 것을 확인한 후 다시 귀에 갖다 댔다. "여보세요?"라고 말했더니 그제야 착한바보가 입을 다시 열었다.

―뭐야, 커트가 너 좋아한 거 맞네.

착한바보는 살짝 웃음 섞인 목소리로 말했다.

— 너라면, 좋아하지도 않는 여자한테 마지막으로 전화를 걸어 그림의 유래를 이야기할 것 같으냐? 나라면 안 그럴 거 같은데. 내가 혹시 죽게 된다면, 죽기 직전 마지막으로 목소리를 듣고 싶은 건 우리 영애일 거다.

영애, 웃긴바보, 웃긴코트니로 불리는 착한바보의 아내.

— 아무튼 그림 주게 나와. 나머지는 만나서 이야기하자.

"두고 봐. 내가 제대로 신경질 낼 거야. 두고 봐."

— 알았다, 알았다고.

"그럼 카페 홈즈에서 봐. 나 오후 2시부터 상주할 테니."

— 오케이. 대충 갈게.

착한바보는 20년 전 그랬던 것처럼 장소만 정했다. 우리는 예전에도 늘 이런 식으로 만났다. 정확한 시간을 정하지 않고 약속을 정해 하루 종일 함께 시간을 보냈다.

전화를 끊은 후, 나는 핸드폰 화면을 한참 바라보며 착한바보의 말을 곱씹었다.

커트가 날 좋아했다. 그래서 마지막으로 전화를 걸었다. 믿기지 않는 소리였다. 하지만 착한바보의 말은 타당했다. 만약 내가 죽는다면 마지막으로 연락하고 싶은 이는 내가 진정 사랑하는 이가 될 것이다.

커트가 그렇게 날 좋아했던 건가. 하지만 왜 마지막에 그런 이상한 말을 했을까. 그 그림은 내 아버지를 그린 거라는 말을.

나는 긴 머리 남자의 초상화를 가만히 들여다보다가 한 가지 기묘한 사실을 깨달았다. 커트의 아버지는 젊은 시절부터 군인 장교였다. 그런 아버지에게 장발 시절이 있었을까.

아니, 없었으리라.

이 그림 속 주인공은, 역시 커트다. 이건 커트의 자화상이다. 그리고 커트는 자신의 자화상을 내게 주려고 했다. 아버지의 그림이라는 거짓말까지 덧붙이면서.

대체 왜.

이날 밤, 고질병인 불면증이 도졌다. 20년 전 풀었어야 할 커트의 죽음에 뒤늦게 온 정신을 쏟아붓느라 결국 원고는 펴지도 못했다. 모든 일을 뒷전으로 미룬 채 밤을 꼴딱 새워버렸다. 이왕 이렇게 된 거 새벽같이 개 산책을 마치고 서울 상경을 준비했다. 집에 있어봤자 아무것도 못할 것 같으니 차라리 카페 홈즈 근처에서 적당히 요기를 때우고 문 여는 시각에 맞춰 입장하는 게 나으리라는 판단이었다.

10시 45분경 카페 홈즈 앞에 도착했다. 문을 잡아당겼다. 역시나 아직 오픈 전, 카페 홈즈의 갈색 철문은 잠겨 있었다. 근처 시장 구경이라도 하다 올까 잠시 생각하는 사이 통통한 몸집의 중년 남녀가 다가왔다. 내게 말했다.

"혹시 해환이니?"

중년 남녀는 보자마자 부부구나 싶을 정도로 닮은 인상이었다.

적당히 살이 붙어 두루뭉술한 얼굴 생김새, 이유 없이 싱글벙글 웃는 얼굴에 나는 잠시 할 말을 잃었다. 남자는 착한바보였다. 오래전 얼굴이 그대로 남아 있었다.

그렇다면 이 여자가 웃긴코트니?

이 동글동글한 인상의 여자가 그 시절 웃긴코트니라니, 나는 믿기지 않았다. 미심쩍은 목소리로 물었다.

"착바 오빠랑 웃긴코트니 언니?"

내 질문과 동시에 그 중년 여자는 활짝 웃으며 "해환아! 보고 싶었어!" 하며 날 끌어안았다. 얼떨결에 나도 그렇다고 하며 웃긴 했으나 여전히 좀 혼란스러웠다. 이 사람이 정말 그 시니컬한 웃긴코트니?

"너 만날 거 생각하니 설레서 말이야, 서둘러 왔어."

웃긴코트니는 활발하게 웃으며 말했다.

"애 있다더니."

"둘 다 중학생이야. 자기네끼리 약속 있다고 바빠."

애들이라기에 초등학생쯤 되었을까 막연히 생각하고 있었는데 조금 놀랐다.

그렇게 시간이 흘렀던가.

가볍게 안부를 주고받는 사이, 1층 출입문이 열렸다. 카페 홈즈 사장님이 안에서 나와 아는 척을 했다.

"작가님, 벌써 오셨어요?"

"예, 뭐."

나는 웃으며 고개를 숙였다. 그랬더니 웃긴코트니가 쿡쿡 웃으며 "작가래, 작가"라고 작게 속삭이는 바람에 얼굴이 화끈거렸다.

막상 카페 홈즈에 들어가 음료를 주문하고 나니 머쓱해졌다. 카페를 가득 메운 델로니어스 몽크의 피아노 연주가 감사했다. 얼떨결에 서로 반갑게 맞기는 했으나 오늘 만나게 된 건 어디까지나 20년 전 일, 그것도 커트의 비명횡사 탓이었다.

나는 카페 중앙에 자리를 잡은 후 착한바보가 등에 메고 온 화통을 가만히 노려봤다. 저 안에 문제의 그림이 있으리라. 그리고 어쩌면, 그림 속엔 내가 궁금한 것들의 단서가 있을 수도.

얼마 지나지 않아 음료가 나왔다. 나는 음료를 받으며 반사적으로 물었다.

"오빠는 담배 피워?"

"끊었어. 나도 이 사람도. 그러는 너는?"

"나도."

피웠다 하면 줄담배를 피우던 우리가 모두 담배를 끊었다니, 한 번 더 동시에 웃어버렸다.

"그래서 이게 그때 그림인데."

착한바보는 커피를 한 모금 마신 후 화통에서 그림을 꺼냈다. 돌돌 만 그림을 조심스레 펼쳐 내게 보였다.

"어제 너랑 통화하고 나서 자세히 살펴보니 의아한 점이 있었어. 예전엔 그냥 낙서라고 여겼던 부분인데 말이지."

착한바보가 그림의 뒷면을 보이며 말했다. 캔버스 뒷면에 영어로 뭔가 잔뜩 적혀 있었다.

불규칙한 행간, 뭔가에 취한 사람이 마구잡이로 쓴 영문이었다.
특히 이 중 마지막 줄의 삐뚤삐뚤한 I LOVE YOU, I LOVE YOU는
붉은색으로 다른 글자보다 몇 배는 크게 적혀 있었다.

"이게 뭐야?"

나는 진심으로 의아해서 물었다. 그랬더니 착한바보가 뒷머리를
긁으며 품에서 핸드폰을 꺼냈다. 뭔가를 검색하며 말했다.

"찾아보니까 커트 코베인의 유서라더라."

유서?

나는 착한바보의 핸드폰 화면과 자화상 뒷면의 유서를 번갈아 보았다. 커트가 자신의 자화상 뒤에 커트 코베인의 유서를 적었다. 그것도 일일이 자기 손으로. 그리고 그걸 내게 줬다. 다른 점이 있다면, I LOVE YOU I LOVE YOU라는 글자만 붉은색으로 한눈에 확 들어오도록 크게 적었다는 점뿐이었다.

이게 대체 무슨 뜻이지.

"혼란스럽지."

내가 아무 말도 하지 못하고 있자, 착한바보가 다시 입을 열었다.

"우리도 그랬어. 그래서 오늘, 조금이라도 일찍 너랑 만나서 이 이야기를 하고 싶어서 서두른 거야."

착한바보는 무려 세종시에서 차를 몰고 올라왔다는 말을 덧붙였다.

"오빠네 생각은 어떤데? 이 그림을 보고 나서 어떤 추리를 했어?"

"추리라고 하기에는 한없이 부족한 이야기지만, 그리고 대부분 영애가 추리한 내용이긴 하지만, 일단 들어볼래?"

그렇게 말하며 착한바보는 웃긴코트니를 바라보았다.

나와 착한바보가 대화를 주고받는 사이 웃긴코트니는 부드러운 미소를 지으며 나를 바라보고 있었다. 그러다가 자신에게 이야기의 주도권이 옮겨지자 고개를 크게 끄덕인 후 입을 열었다.

"나는 커트가 네 성격을 충분히 알기에 이런 복잡한 일을 한 게 아닐까 하고 생각했어."

웃긴코트니가 말하는 그 성격이 도대체 무엇인지 감이 잡히지 않았다. 하지만 연이은 말엔 수긍할 수밖에 없었다. 웃긴코트니는 이렇게 말했던 것이다. 도통 남자를 남자로 보지 못하는 네 성격이 문제다, 라고.

나는 뜨끔했다. 20년 전부터 그랬다. 누굴 깊이 좋아하는 일을 꺼렸다. 남의 연애에 간섭하거나 중간에 끼는 일은 더 질색, 혹여 누군가 다른 사람과 사귀는 중에 내게 고백을 해온다면 정중히 거절했다. 커트는 이런 나를 잘 알았다. 그래서 입대 전까지 하루에 한 시간이고 두 시간이고 꼬박꼬박 나와 전화 통화를 하면서도 속마음을 내색할 수 없었다. 군대에 가고, 백일 휴가를 나온 커트는 웃긴코트니가 아니라 나부터 떠올렸다. 만나고 싶어서, 어떻게든 마음을 전하고 싶어 불러냈으나 그런 커트를 만난 내 첫마디는 왜 다른 사람은 오지 않냐는 것이었다. 꿈쩍도 하지 않는 거대한 바위처럼 자신을 여전히 친구, 아는 오빠, 그 이상으로 대하지 않는 내게 커트는 고백할 수 없었다. 그래서 문제의 그림을 주려고 등에 지고 오고서도 결국 전해주지 못했다.

부대에 복귀하려던 커트는 이 일이 영 마음에 걸렸다. 웃긴코트니와 착한바보에게 문제의 그림을 부탁하고 택시를 탔다. 그대로 고속도로를 타고 부대로 복귀할 셈이었다. 그런데 택시를 타고 얼마 지나지 않아 속이 안 좋아졌다. 중간에 세워달라고 하고는 속을 게워낸 후, 데리러 나올 사람이 있다며 택시 운전사에게 핸드폰을 빌렸다. 내게 전화를 걸어 말했다. 그 그림, 내가 아니라 아버지다. 그렇게 말을 하면, 내가 받아 주리라 생각하고는 택시에서 내렸다. 걸어서 부대까지 가기로 했다.

커트가 사고를 당한 고속도로에서 부대까지는 걸어서 한 시간 거리였다. 밤이긴 하지만 술도 좀 깨어 충분히 걸어서 들어갈 수 있으리라고 여겼다.

예상은 틀렸다. 커트는 그렇게 걷다가 차에 치였다.

비명횡사한 것이다.

"이게 몇 번이고 문제의 현장을 다녀온 내가 내린 결론이야. 몇 번이나 직접 걸어봤어. 문제의 위치에서 부대까지 얼마나 걸리나 하고."

현장을 다녀왔다니.

나는 놀라 웃긴코트니를 바라보았다. 그리고 나만큼이나 놀란 사람이 웃긴코트니의 곁에 앉아 있었다. 착한바보는 그런 이야기는 처음 듣는다는 표정으로 휙 고개를 돌려 웃긴코트니를 바라보았다. 웃긴코트니는 20년 전의 시니컬한 모습으로 돌아간 듯 그런 나와 착한바보를 무시하고 이야기를 이끌어나갔다.

"내가 이런 추측을 한 까닭은 커트가 해환이 너한테 했다는 말이 컸어. 용건 끝. 그런 말을 하고 자살한다는 건 이상하잖아. 그건 후에 또 이야기하자는 뜻으로 쑥스럽게 고백한 게 아니었을까 싶어. 한 가지 더, 사고라는 근거라면 있어. 커트는 우리랑 같이 술 마실 때 집으로 전화를 걸었어. 무슨 전화냐고 물었더니, 다음 날 아침까지 부대 앞으로 군복을 갖다 달라고 부탁했댔어. 죽을 사람이 그런 말을 할 리 없잖아. 그래서 군경 모두 커트의 죽음을 사고로 처리했던 거야. 이 뒷면에 적힌 커트 코베인의 유서를 보기 직전까지만 해도 그렇게 생각하고 있었지. 하지만 이젠 좀 망설여지네. 이게 유서라면, 말이지."

웃긴 코트니의 말대로다. 그 일이 사고사였다면 왜 이런 의미심장한 유서를 그림 뒷면에 남긴단 말인가.

나는 한참 동안 그림의 뒷면을 바라보며 20년 전의 커트를 떠올렸다. 늘 쑥스러운 듯 웃던 그의 얼굴을, 오랜 세월 잊었던 그의 얼굴을.

"뭐가 그리 심각하세요, 작가님."

이때, 카페 홈즈 사장님이 우리에게 다가왔다. 뭐라 대꾸해야 할지 몰라 묵묵히 앉아 눈앞의 자화상 뒷면, 커트 코베인의 유서만 바라보고 있자니 홈즈 사장님이 툭 하고 말을 던져왔다.

"어머, 누가 사랑 고백받았어요?"

"네?"

"아이 러브 유라고 쓰여 있잖아요. 대문자로. 게다가 빨간색이네."

카페 홈즈 사장님의 말에 우리 셋은 동시에 눈을 마주쳤다. 그러고 보니.

이 자화상의 뒷면을 봤을 때 가장 먼저 눈에 띄는 문장은 다른 무엇도 아닌 붉은 글씨의 I LOVE YOU다. 우리는 커트 코베인의 유서와 커트의 죽음을 연상시키느라 그 문장보다는 유서의 내용에 집중하고 있었다.

어쩌면.

혹시.

다만 저 I LOVE YOU를 전달하기 위해 커트 코베인의 유서를 적었다면 어떨까.

그래, 순서의 문제일지도 모른다.

우리는 커트의 죽음을 겪은 후 유서를 봤기에 말 그대로 '죽은 커트의 유서'라고 여겼다. 하지만 사고가 먼저라면 유서일 수 없다. 그보다는 너바나와 커트 코베인의 팬이었던 커트의 낙서일 가능성이 크지 않은가. 실제로 그는 신춘문예 책에도 여기저기 커트 코베인의 명언을 낙서하지 않았던가.

나는 이런 의문을 담아 짧게 말했다.

"혹시 이거."

착한바보와 웃긴코트니는 살짝 웃으며 고개를 끄덕였다.

무언의 동의에 나는 웃었다.

그림을 뒤집었다. 뒷면의 유서는 잠시 잊고 50호 크기의 그림을 펼쳤다. 카페 홈즈의 커다란 테이블 가득 20년 전 모두를 당황시키고 저세상으로 떠난 한 남자의 얼굴이 펼쳐졌다. 선거 포스터에서나 볼 법한 어색한 미소를 짓는 긴 머리 남자. 이렇게 다시 보니, 어쩐지 저 미소는 내게 사랑 고백을 하고 쑥스러워하는 것 같아 보였다.

▌조영주

『홈즈가 보낸 편지』로 제6회 대한민국 디지털작가상 우수상을 받으며 데뷔하였다. 단편소설 「귀가」로 제2회 KBS 김승옥 문학상 신인상 추천우수상을 비롯해 제12회 세계문학상, 예스24, 카카오페이지 등 순문학과 웹소설을 넘나들며 다수의 문학상을 수상했다.

주요 수상이력
2011년 제6회 대한민국 디지털작가상 우수상 『홈즈가 보낸 편지』
2014년 제2회 KBS 김승옥문학상 신인상 추천우 수상 단편 「귀가」
2015년 제1회 예스24 e연재 공모전 우수상 『타락할래! 천사와 악마의 따분한 나날들』
2016년 제12회 세계일보 세계문학상 『붉은 소파』
2018년 제2회 CJ E&M, 카카오페이지 추미스 소설 공모전 금상 『반전이 없다』

그밖에 『트위터 탐정 설록수』(2013), 『몽유도원기』(2015) 등 다수의 추리소설을 출간했다.

얼굴 없는 살인마

정명섭

"좀비다! 좀비!"

엄마 손을 잡고 시장을 지나가던 꼬마의 외침에 마임 동작을 펼치던 성규는 쓴웃음을 지었다. 하얗게 칠한 얼굴에 두 눈가는 판다처럼 검었고, 붉게 칠한 입술은 옆으로 길게 꼬리를 그어서 마치 찢어진 것처럼 보였다. 거기다 얼굴과 목덜미 여기저기에 핏자국 같은 걸 뿌려놨으니 좀비 아니면 뱀파이어로 봐도 이상하지 않았다.

망원 월드컵 시장 상인회로부터 연락이 온 것은 지난주였다. 매달 마지막 주 금요일은 시장 안에서 예술인들이 공연을 펼치는데 원래 무대에 오르기로 한 연극팀이 펑크를 냈다는 것이다. 이리저리 수소문하던 중에 연락했다는 얘기에 성규는 관심 없다는 말을 하려고 했다. 하지만 인터넷뱅킹을 하던 중에 잔액이 0이라는 화면을 보고는 생각이 바뀌었다. 그가 하겠다고 하자 상인회 회장은 더듬거리면서 말했다.

—거, 뭐냐. 그날이 10월 마지막 주 금요일인데 할로윈인가 뭔

가라서 분장을 막 하고 다닌다네? 자네도 그렇게 좀 하고 왔으면 좋겠는데.

알겠다고 대답하고는 냉큼 계좌번호를 알려주고는 선금을 넣어 달라고 했다.

—아, 젊은 사람이 왜 이리 성미가 급해. 공연 끝나고 주면 안 될까?

"특수 분장을 하려면 화장품을 미리 사야 해서요."

통화가 끝나고 십 분 후에 통장에 돈이 들어오는 소리가 들렸다. 그리고 기다렸다는 듯이 카드회사에서 돈을 빼갔다. 그나마 인심을 베풀 듯이 8만 몇천 원을 남겨 놨다. 그 돈조차 누가 빼갈지도 몰라 서둘러 통장을 들고 일어났다. 나가는 김에 ATM 옆에 있는 편의점에서 컵라면과 소주도 한 병 사기로 마음먹었다.

그렇게 해서 성규는 시끌벅적한 망원 월드컵 시장의 한복판에 섰다. 마임이스트에게 무대는 곧 길거리인 경우가 많아서 시장이라는 점은 별다른 문제가 되지 않았다. 개그맨 출신의 사회자가 요란하게 소개한 멘트가 무색할 정도로 작은 박수 소리가 흘러나왔다. 무대에 선 성규는 일단 사람들에게 익숙한 벽을 짚는 동작부터 시작했다. 진짜로 벽을 짚는 듯한 그의 동작을 본 관객들 몇 명의 입에서 작은 감탄사가 나왔다. 늘 그렇듯 마임을 본 관객들은 놀라움과 호기심을 드러냈고, 성규는 그 속에서 고요하게 시간을 보냈다. 그 소리와 마주치기 전까지는 말이다.

시장에서 들려오는 수많은 소음 중의 하나였지만 그의 귀에는 아주 선명하게 들렸다. 소리가 난 쪽으로 고개를 돌리자 맞은편으로 걸어가는 한 무리의 사람들이 보였다. 그리고 그들 사이로 누군가의 어깨가 춤을 췄다. 소리와 어깨춤 모두 성규에게는 절대로 잊을 수 없는 누군가의 상징이었다.

***

"진짜 나한테 왜 이래!"

성규는 불같이 화를 냈지만 그녀는 팔짱을 낀 채 미동도 하지 않았다. 한창 재미를 붙인 마임 연습을 마치고 집에 돌아왔는데 그녀가 자신의 짐을 현관에 내놓은 걸 발견한 것이다. 성규가 화를 내자 그녀는 작게 한숨을 쉬었다.

"연극까지는 모르겠는데 마임이라니, 진짜 너무한 거 아니야?"

"마임이 어때서?"

성규가 화를 내자 그녀의 눈에 슬픔이 서렸다.

"그렇게 대답하면 안 되잖아. 마임은 괜찮고 우리 생활은 안 괜찮아?"

"이렇게 밑도 끝도 없이 화를 내면 어떡해? 혹시 그놈이 또 귀찮게 해?"

"걔 얘기는 하지 말랬지! 다 귀찮으니까 다 나가! 나가라고!"

마음이 맞아서 동거를 시작했지만, 막상 시작하자 여기저기서 삐걱거리는 파열음이 들렸다. 그녀는 성규가 화장실에서 양치하면서 헛구역질하는 소리를 버거워했다. 성규는 그녀가 만든 음식이 자신의 입맛에 전혀 맞지 않는다는 사실에 막연한 두려움을 느꼈다. 서로의 마음속에 감춰진 칼이 밖으로 나오자 두 사람은 상처를 입었다. 성규는 울면서 나가라고 외치는 그녀에게서 등을 돌렸다.

엘리베이터를 타고 아파트 놀이터로 나온 그는 그네에 앉아서 그녀가 있는 12층을 올려다봤다. 환하게 불이 켜진 베란다는 텅 비어 있었다. 생각보다 쌀쌀한 날씨라는 걸 깨달았지만 그 핑계를 대고 올라갈 수는 없었다.

추위를 참으며 그네에 앉아 있는 사이, 택배 트럭이 아파트 현관 입구에 멈췄다. 차 문이 열리는 소리가 들렸지만 반대편이라 누가 내렸는지는 알 수 없었다. 다만 가쁜 숨소리와 차 문이 쾅 하고 신경질적으로 닫히는 소리가 들려왔다. 계단을 올라가는 발걸음 소리가 현관 안으로 빨려 들어가서 종적을 감췄다. 그리고 잠시 후, 핸드폰의 화면에 불이 들어왔다. 화면에 뜬 김선미라는 그녀의 이름을 본 순간 안도감이 느껴졌다. 마른침을 삼킨 성규가 핸드폰을 귀에 갖다 댔다.

— 어디야?

"바깥."

— 아까는 네가 좀 심했던 것 같아. 미안해.

"아니야, 나도 잘한 거 없어."

안도감에 눈물이 나올 뻔했다. 어린 시절 부모가 이혼하고 외할머니 손에 자란 성규는 늘 가족에 목말랐다. 잃을 뻔한 가족을 다시 찾았다는 기쁨에 크게 한숨을 쉬는데 갑자기 그녀가 말했다.

—자기, 문밖에 있었어?

"아니, 무슨⋯."

열지 말라고 외치기 전에 비명이 먼저 들렸다. 놀란 성규는 현관으로 뛰어 들어가 엘리베이터 앞에 섰다. 12층에 멈춰 선 엘리베이터가 꼼짝도 하지 않는 걸 본 그는 바로 계단으로 뛰어 올라갔다. 12층에 도착하자 현관문이 살짝 열려 있었다. 가슴이 미친 듯이 두근거린 성규는 조심스럽게 현관문을 열었다.

"자기야!"

어둠 속에서는 아무런 대답이 들리지 않았다. 대신 오른편에 있는 부엌 쪽에서 낯선 소리가 들렸다. 뭔가를 잘게 찢는 듯한 소리 같기도 하고, 혀를 차는 소리처럼 들리기도 했다. 성규는 조심스럽게 소리가 들리는 부엌 쪽으로 향했다. 가스레인지가 있는 곳 창문을 통해 희미한 달빛이 들어오면서 부엌의 풍경이 보였다. 꽃무늬 천이 덮여 있는 식탁 옆에 거뭇한 그림자가 누워 있는 게 보였다. 시큼한 피 냄새와 함께 발끝에 축축하고 끈적거리는 액체가 닿았다. 옆으로 누운 그림자의 머리 뒤로 길게 묶은 머리채가 보였다. 보고도 믿기지 않는 모습에 성규는 무릎을 꿇고 말았다.

"아, 안 돼!"

절규하는 그의 귀에 아까 들었던 이상한 소리가 다시 들려왔다. 소리가 들린 곳이 바로 등 뒤라는 사실을 깨닫는 순간, 차가운 뭔가가 목에 감겼다. 순식간에 숨이 막히면서 꼼짝도 할 수 없었다. 숨이 막혀 고통스러워하는 그의 눈에 쓰러진 그녀의 모습이 들어왔다. 성규는 눈을 감고 싶었지만 목이 졸린 상태라 그럴 수 없었다.

발버둥을 치던 중에 식탁에 부딪히면서 위에 있던 주전자와 유리잔들이 쏟아졌다. 그 바람에 목을 조르던 끈이 풀어지자 성규는 기침을 뱉어내며 숨을 헐떡였다. 목이 졸린 탓인지 두 눈이 터질 듯이 욱신거렸다. 미친 듯이 눈을 깜짝거리는 그는 이상한 냄새를 맡았다. 피 냄새와는 다른 뭔가 톡 쏘는 냄새 같았다.

냄새를 따라 고개를 돌리자 검은색 모자를 푹 눌러쓰고 하얀 마스크로 얼굴을 가린 살인자가 보였다. 맹수처럼 눈빛이 반짝거렸는데 장갑을 낀 손에는 끈을 쥐고 있었다. 그리고 가늘게 어깨를 털어댔는데 어깨춤을 추는 것 같았다. 살인자는 어둠 속에 못 박힌 듯 꼼짝도 하지 않는 그를 바라보고 있었다. 성규가 이제 끝이라고 생각하는 순간, 살인자는 마치 어둠처럼 사라져 버렸다. 아까 들었던 그 이상한 소리를 내면서 말이다.

겨우 고개를 든 성규는 살인자가 없어진 어둠을 바라봤다. 아무것도 보이지 않았다. 옆집에서 112로 신고하면서 출동한 경찰이 반쯤 열린 현관문을 열고 들어올 때까지 성규는 죽은 그녀 옆에 누워서 숨을 헐떡거리고 있었다. 경찰이 부른 구급차가 성규와 그녀를 병원으로 싣고 갔다. 악몽 같은 시간이 흘러가는 동안 그는 오직 한 가지 궁금증만 머릿속에 맴돌았다.

대체 그자는 누구지?

***

살인자는 감쪽같이 종적을 감췄고 경찰은 끝내 범인을 잡지 못했다. 오직 살인자가 냈던 기묘한 소리만이 5년이 지난 지금까지 남았을 뿐이다. 그리고 망원 월드컵 시장 한복판에서 다시금 그 소리를 들었다. 사랑하는 그녀를 죽이고 자신마저 죽일 뻔한 살인자가 냈던 바로 그 소리.

퍼뜩 정신을 차린 성규는 소리가 들리는 곳을 바라봤다. 족발과 막걸리를 파는 상점 쪽이었다. 성규는 화장을 지우지도 못하고 그쪽으로 움직였다. 사람들 틈을 헤치고 지나갔지만 그 소리의 흔적은 어디에도 보이지 않았다. 10월의 마지막 주 금요일 저녁이라 시장 안은 사람들로 가득했다. 지붕까지 씌워져 있어서 그들이 내는 소리는 귀에 의존해야 하는 성규에게 많은 혼란을 주었다.

족발을 파는 가게 주변에서 서성거리던 그의 귀에 다시 그 소리가 들렸다. 얇은 천을 천천히 찢어버리는 듯한 낯설고 불쾌한 소리는 시장이 만들어낸 소음 속에서 아주 작게 날갯짓을 했다. 성규는 가쁜 숨을 몰아쉬면서 그 소리를 따라갔다.

소리는 홍어무침을 파는 곳을 지나 만두와 어묵을 파는 곳으로 이어졌다. 성규는 유모차를 밀고 오는 부부를 지나 알록달록한

등산복을 입은 한 무리의 아저씨들과 마주쳤다. 다들 정신없이 웃고 떠들면서 큰 소리를 냈다. 성규는 그 속에서 그 작은 소리를 찾아 정신없이 따라갔다.

끊어질 듯 이어진 소리는 망원 월드컵 시장을 가로질러 가다가 청과물 상점에서 왼쪽으로 빠졌다. 그곳은 젊은 세대를 겨냥하고 새로 만들어진 음식점들이 있었다. 아까보다 사람은 뜸했지만 대신 조명이 줄어들어 주변이 어두컴컴했다.

'어차피 상관없잖아.'

쓴웃음을 지으며 중얼거린 성규는 오가는 사람들을 한 명씩 천천히 살펴봤다. 얼굴만 보는 것이 아니라 온몸을 살폈다. 그러면서 차츰 어둡고 축축했던 그날의 기억이 떠올랐다. 그자가 왜 그녀를 죽였는지, 그리고 자신을 죽이려다가 그냥 돌아간 이유가 무엇인지 궁금했다. 그리고 더 궁금한 건 그런 상황 속에서도 왜 자신은 아무것도 보지 못했나였다.

생각에 잠긴 채 걷던 성규는 파란 스웨터를 입은 키 큰 남자와 어깨를 부딪쳤다. 생각보다 세게 부딪쳐서 비틀거리는 그에게 파란 스웨터가 욕설을 내뱉었다.

"아이, 새끼가 눈깔이 있으면 잘 보고 다녀."

성규는 미안하다고 중얼거리면서 고개를 살짝 숙였다. 하지만 파란 스웨터는 성규의 앞을 가로막았다.

"형씨, 사람을 쳤으면 미안하다고 사과를 해야지! 얼굴을 좆같이 분장하고 다니면 다야?"

짙은 담배 냄새와 소주 향이 묻어 나오는 알코올 냄새가 파란 스웨터를 휘감고 있었다. 거기다 과장된 손짓과 위협적인 말투를 내뱉으면서 돈가스 가게 옆 골목으로 그를 떠밀었다. 뒷걸음질 치던 성규가 미안하다고 사과를 하려는 찰나, 눈앞에 불이 번쩍거렸다. 균형을 잃은 그가 음식물 쓰레기봉투 옆으로 넘어지자 파란 스웨터가 다가와서 멱살을 잡았다. 생각지도 못한 봉변을 당한 성규가 떨리는 목소리로 말했다.

"미, 미안하다고 했잖아요. 그만해요."

"오늘 일진도 안 좋은데 앞에서 얼쩡대니까 그렇지."

파란 스웨터가 주먹을 쥔 채 비아냥거렸다. 맞는 게 문제가 아니라 이러다가 5년 만에 만난 살인자의 흔적을 잃어버리는 게 더 두려웠다. 파란 스웨터의 주먹이 코끝을 스쳐 지나가면서 날카로운 바람을 일으켰다. 도와달라고 소리쳐볼까도 생각해봤지만 그랬다가 살인자가 자취를 감춰버릴 수도 있었다. 이러지도 저러지도 못하고 있는 그의 귀에 낯선 목소리가 들렸다.

"씨, 불알 있는 것들끼리 뭐 하는 짓거리야?"

나른하면서도 졸린 듯한 목소리 사이로 퀴퀴한 냄새가 풍겨왔다. 허름한 녹색 점퍼 차림의 남자가 다가와서 파란 스웨터에게 말을 건넸다.

"넌 어째 술만 처먹으면 이놈 저놈 안 가리고 시비를 거냐? 그러다 큰코다친다."

"내가 코를 다치든 말든 네가 무슨 상관이야. 노숙자 주제에!"

그 얘기를 듣고 비로소 냄새가 풍긴 이유를 알았다. 파란 스웨터가 비아냥거리자 노숙자가 주머니에서 주섬주섬 뭔가를 꺼냈다.

"야! 핸드폰 가지고 다니는 노숙자 봤냐? 망원동이 전부 내 집이라니까."

"병신 꼴값하네."

파란색 스웨터가 코웃음을 치자 노숙자는 핸드폰을 주머니에 넣고는 팔을 턱석 잡았다.

"뭐, 뭘 하려고!"

성규는 노숙자가 뭘 하려는지 냄새와 몸짓을 통해 알아차렸다. 마치 트림을 하는 것처럼 꺽꺽거리던 그가 속에 든 걸 게워내려고 했다. 파란 스웨터가 펄쩍 뛰면서 뒤로 피하자 노숙자가 껄껄 웃었다.

"2차전 할까?"

"미친 새끼! 평생 이렇게 살다 뒈져라."

봉변을 당할 뻔했던 파란 스웨터가 욕설과 함께 어둠 속으로 사라졌다. 몸을 일으킨 성규에게 노숙자가 물었다.

"망원동에서 알아주는 미친놈인데 어쩌다 시비가 걸린 거야?"

"누굴 쫓아가다가 어깨를 부딪쳐서요."

"빚쟁이?"

갑자기 나타나서 꼬치꼬치 묻는 게 신경 쓰였지만 어쨌든 도와준 사람이라 대답했다.

"비슷해요. 이쪽으로 지나간 것 같은데 못 보셨나요?"

"어떻게 생겼는지를 알려줘야 대답하지."

혀를 찬 노숙자의 말에 성규는 다시금 자신의 처지를 깨달았다. 사랑하는 여인을 죽인 살인자를 쫓는 중이다. 하지만 그의 얼굴은 모른다.

골목길 어귀의 전봇대 아래 놓인 낡은 의자에 걸터앉은 노숙자의 시선이 느껴졌다. 공연을 하느라 얼굴에 분장한 그와 노숙자가 나란히 있는 풍경이 신기했는지 지나가는 사람들의 시선이 따갑게 느껴졌다. 다행히 할로윈이라 그런지 좀비부터 이런저런 분장을 한 사람들이 제법 있어 호기심 이상의 눈길을 받지는 않았다. 잠시 주저하던 성규가 입을 열었다.

"어떻게 생겼는지는 모릅니다."

***

구급차에 실려 병원에 입원한 성규 앞에 형사가 나타났다. 영화나 티브이에서 본 것처럼 마구 뻗쳐서 헝클어진 머리에 누런 점퍼 차림을 한 그는 형사 수첩을 한 손에 들고 침대에 누운 성규를 내려다보고 있었다.

"복성규 씨?"

고개를 돌린 그가 바라보자 형사는 누런 이를 드러냈다.

"구찬준 형사라고 합니다. 김선미 씨 살인 사건과 관련해서 몇 가지 여쭤보려고 합니다."

성규가 가만히 고개를 끄덕이자 그는 수첩을 펼치고 본격적으로 질문을 던지기 시작했다.

"사건이 벌어진 시간에 김선미 씨와 다퉜다고 하던데요."

"제가 마임을 하는 걸 반대해서 싸우긴 했습니다. 그래서 밖으로 나와 놀이터 그네에서 시간을 보냈습니다."

"그 사이에 살인자가 침입한 거네요. 그때 계셨던 놀이터는 현관 맞은편에 있었죠?"

"네."

"드나드는 사람을 봤습니까?"

구찬준 형사의 질문에 성규는 당시의 기억을 떠올렸다.

"너무 어두워서 잘 보이지 않았습니다. 나중에는 택배차가 현관 앞에 섰고요."

"거기서 누가 내렸는지 보셨습니까?"

"운전석이 현관 쪽이라서 제가 앉아 있던 그네에서는 보이지 않았습니다. 발자국 소리밖에 못 들었습니다. 현관에 시시티브이가 있는 것으로 알고 있는데요."

성규의 물음에 구찬준 형사가 얼굴을 찌푸린 채 고개를 저었다.

"있는 건 맞는데 워낙 화질이 안 좋아서 확인이 안 됐어요. 엘리베이터 안에 있는 건 고장이었고요. 고장이 나지 않았다고 해도 모자를 푹 눌러써서 얼굴을 알아볼 도리가 없고 말입니다. 혹시나 해서 택배회사들을 조사해봤는데 그 시간에 거기에 배달을 간 택배는 없었습니다."

"다른 목격자는 없습니까?"

"웃기는 일이죠. 상자갑 같은, 사람들이 포개 사는 아파트에서 사람이 죽었는데 본 사람이 없다 이겁니다."

잠시 말을 멈춘 구찬준 형사가 볼펜 끝을 입에 물고 성규를 뚫어지게 내려다봤다.

"그 얘기는 복성규 씨가 유일한 목격자라는 얘깁니다."

형사의 얘기를 들은 성규는 손으로 목을 더듬었다. 주로 빨랫줄에 쓰이는 나일론으로 된 줄 같았다는 의사의 말이 떠올랐다.

"거기다 지문도 나오지 않았고요."

구찬준 형사가 덧붙인 말에 성규가 대답했다.

"그자는 장갑을 끼고 있었습니다."

"우리나라에 영화에서 나오는 전문적인 킬러가 있을 것 같습니까? 없을 것 같습니까?"

예상 밖의 엉뚱한 질문에 성규가 바라보자 구찬준 형사가 피식 웃었다.

"없어요. 시장이 너무 좁아서 몇 건만 저지르면 금방 들통이 나거든요. 그런데 이 건은 완전 전문가의 향기가 폴폴 느껴진다 이겁니다. 모자를 눌러쓰고 장갑을 써서 흔적을 전혀 남기지 않았어요. 칼질을 할 때도 일말의 망설임이나 주저함이 없었다니까요. 찌르고 살짝 돌려서 빼고, 다시 찌르고 살짝 돌려서 빼고를 아주 기계적으로 반복했습니다. 열여섯 번이나 말이죠."

구찬준 형사가 손으로 찌르고 빼는 시늉을 몇 번 보여주면서 숨을 몰아쉬었다.

"진짜 문제는 말입니다. 동기가 없다는 거예요. 사람을 그렇게 도축하듯 죽일 정도라면 돈이든 원한이든 애증이든 뭐든 있어야 하는데 죽은 김선미 씨는 깨끗해요."

"누구에게 원한을 살 사람은 아니었습니다."

"그렇죠. 그게 환장할 노릇이라 이겁니다. 언론에서는 엄청 난리가 났고, 윗선에서도 빨리 해결하라고 마구 밟아대는 중인데 아무것도 없다는 얘기죠. 마치 유령의 소행 같아요."

성규는 유령이라는 말을 중얼거렸다. 목이 졸리며 눈앞에서 봤던 살인자의 시선을 떠올리자 저절로 몸이 떨렸다. 버티기 위해서 이불을 꽉 움켜쥔 그에게 구찬준이 물었다.

"복성규 씨는 현재까지 살인자를 본 유일한 목격사입니다. 그런데 진술 내용이 너무 허술해요."

이게 본론이었다는 것을 느낀 성규는 마른침을 삼켰다. 병원에 입원한 직후부터 병실 앞에 경찰이 배치되었다. 말로는 보호하기 위해서라고 하지만 감시의 시선이 섞여 있는 걸 어렵지 않게 느낄 수 있었다.

"진짜로 본 게 없습니다. 시신을 보고 넋을 놓고 있다가 공격을 받은 게 전부거든요."

"그래도 살인자와 직접 마주쳤잖습니까? 그런데도 얼굴이 기억 안 난다고 하는 게 좀 이상합니다. 보통 그런 경우는 인상이 눈에 꽉 박혀서…."

손가락으로 눈을 찌르는 시늉을 한 구찬준 형사가 잠깐 뜸을 들이다가 덧붙였다.

"…죽을 때까지 안 잊어버리거든요."

"저, 정말입니다. 얼굴이 기억이 안 나요. 그냥 그 눈만 떠올라요."

마른침을 삼킨 성규가 부들부들 떨면서 말을 하자 구찬준 형사는 고개를 절레절레 저었다.

"의사가 무슨 장애라고 하던데, 얼굴을 못 알아보는 병이라고, 병명이…."

"안면실인증이라고 하더군요."

그 사건 이후 병원에 실려 온 성규는 사람들의 얼굴을 알아보지 못했다. 하얀색 가운을 입고 들어온 여성에게 처음 뵙겠다고 인사를 하면 어처구니없는 표정으로 5분 전에 왔던 담당 간호사라고 퉁명스럽게 대꾸했다. 갈색 바바리코트를 입고 들어온 사람에게 누구냐고 묻자 상대방 입에서는 아버지도 몰라보냐는 청천벽력 같은 얘기를 들었다. 성규는 어처구니없다는 표정으로 덧붙였다.

"담당 의사는 정신적 쇼크와 머리 외부의 심한 충격이 더해져서 발생한 것 같다고 했습니다."

"그게 얼굴을 못 알아보는 것이지 기억은 할 수 있는 거 아닙니까?"

구찬준 형사의 물음에 성규는 답답하다는 말투로 대꾸했다.

"얼굴을 못 알아보는 게 아니라 아예 얼굴이 안 보입니다."

"얼굴이 안 보인다고요?"

"네, 얼굴이 그냥 달걀귀신처럼 보입니다."

얘기를 들은 구찬준 형사에게 성규가 덧붙였다.

"믿기지 않으시겠지만 사실입니다."

"의사 선생은 뭐라고 합니까?"

"담당 의사는 이런 경우는 처음이라면서 MRI를 여러 번 찍었지만 원인을 찾지 못했습니다. 그리고 안면인식 장애는 심리적인 요인이라서 별다른 치료법이 없다고 하셨습니다."

"유일한 목격자가 얼굴을 못 알아보다니, 미치고 팔짝 뛰겠네."

"범인에 대한 단서가 전혀 없습니까?"

성규의 물음에 구찬준 형사가 고개를 저었다.

"탐문 중이긴 한데 목격자가 없습니다. 범행 동기도 조사 중인데 나온 게 없고요."

"혹시⋯."

주저하던 성규가 입을 열었다.

"최근에 전 남친 때문에 마음고생을 좀 했습니다."

"왜요?"

"스토커 짓을 하는 것 같아서요. 무서워서 사귀다가 헤어졌는데 그 후로도 종종 연락이 와서 걱정하는 걸 본 적이 있습니다."

"한성광 씨 얘기라면 이미 조사가 끝났습니다."

"벌써요?"

성규의 반문에 구찬준 형사가 애매모호한 표정을 지었다.

"정확하게는 조사할 필요가 없었죠. 자기 차에서 번개탄을 피워 놓고 자살했거든요."

"언제요?"

"사건이 벌어지기 한 달 전입니다."

얘기를 들은 성규의 머리는 더욱 복잡해졌다. 그나마 다행인 건 상대방의 얼굴을 볼 수 없어서 어떤 표정을 짓는지 알 수 없다는 점이었다. 수첩을 덮고 뭔가 물어보려던 구찬준 형사의 주머니에서 핸드폰 벨 소리가 들렸다. 핸드폰 화면을 들여다본 그가 말했다.

"잠시 통화 좀 하고 오겠습니다."

구찬준 형사가 밖으로 나가자 성규는 다시 침대에 누웠다. 조용히 눈을 감고 쉬려고 하는데 복도에서 들리는 형사의 목소리가 자꾸 거슬렸다. 호기심에 이끌려 몸을 일으킨 성규는 조심스럽게 병실 문을 살짝 열었다. 핸드폰을 귀에 갔다 댄 구찬준 형사의 뒷모습이 보였는데 목소리가 워낙 커서 통화 내용이 거의 다 들렸다.

"복성규 목에 난 액흔이 자작이 아니라고? 그럼 범죄 현장에 제삼자가 있었다는 게 사실이란 얘기잖아. 그 새끼 진짜 수상했는데 말이야. 손이 깨끗한 건 장갑을 꼈든가 다른 수를 썼을 수도 있잖아. 병원에 와서 조사 중인데 뭔가 수상쩍어서 그래."

통화를 듣던 성규는 조용히 병실 문을 닫고 침대로 돌아왔다. 그리고 이불을 움켜쥔 채 하염없이 눈물을 흘렸다.

***

성규의 얘기를 들은 노숙자는 어이없다는 말투로 얘기했다.

"진짜, 사람 얼굴이 안 보이는 거야?"

"네."

"그럼 내 얼굴도 안 보여?"

노숙자가 자신의 얼굴 앞에 손바닥을 흔들면서 묻자 성규는 고개를 끄덕거렸다.

"손만 보이고 얼굴은 그냥 밋밋하게 보입니다."

"그럼, 사람을 어떻게 구분해?"

"동작으로요. 사람마다 조금씩 달라서 구분할 수 있어요."

"말도 안 돼."

못 믿어 하는 노숙자에게 성규가 아까 그가 한 손짓을 따라 하면서 대답했다.

"아저씨는 손을 이런 식으로 흔드셨어요. 그리고 왼쪽 어깨가 오른쪽에 비해서 좀 내려간 편이라서 구분이 가능해요. 물론 목소리도 허스키한 편이라서 구분하는 데 도움이 되죠."

"신기하네."

물론 그의 몸에서 나는 특유의 악취도 구분하는데 한몫했지만 따로 말하지는 않았다.

"푸빗이라는 이름의 여성 마임이스트가 알려준 방식입니다. 처음에는 힘들었지만 하다 보니까 익숙해져서 지금은 사람을 구분하는 데 별다른 어려움이 없습니다."

그의 얘기를 들은 노숙자가 말했다.

"아무튼, 시장에서 길거리 공연을 하다가 살인자를 봤다 이 말이지?"

"정확하게 본 건 아니고 소리와 몸짓을 본 겁니다. 그리고 소리를 따라서 왔고요."

그 얘기를 하면서 성규는 우울해졌다. 뜻하지 않게 시비가 걸리면서 소리를 놓치고 만 것이다. 그런 성규에게 노숙자가 위로의 말을 건넸다.

"그자를 꼭 잡고 싶어? 증거도 없잖아."

"일단 만나서 물어보고 싶어요. 왜 그녀를 죽였는지 말입니다. 경찰도 동기를 못 찾았거든요."

"그놈이 아직도 망원동에 있겠어? 눈치를 챘으면 튀었겠지."

"못 챘을 겁니다. 그래서 더 아쉬워요."

"아직도 여기 있다고 생각하는 거야?"

노숙자의 물음에 성규가 고개를 끄덕거렸다.

"딱 꼬집어서 얘기할 수는 없지만, 그렇습니다."

"왜?"

"뭔가 탐색을 하고 있다는 느낌을 받았거든요."

"탐색이라니?"

"희생자를 물색 중일 겁니다."

"여기서?"

"금요일 저녁인 데다가 할로윈 데이라 사람들이 굉장히 많으니
까요."

성규의 얘기를 들은 노숙자가 고개를 돌려서 시장 쪽을 바라봤
다. 바깥은 어둠이 진즉에 자리 잡았지만 조명이 환하게 켜진 시장
으로 수많은 사람이 오갔다. 성규는 만약 살인자가 이곳에 출몰했
다면 이유는 딱 하나라고 확신했다.

미친놈 소리가 나올 줄 알았지만 노숙자는 의외의 말을 했다.

"여기서 살인이 벌어질지 모른다고? 그럼 막아야겠네."

"아저씨가 왜요?"

"여기는 내 나와바리니까."

성규는 노숙자의 시선이 자신처럼 시장을 향하고 있다는 것을
눈치챘다.

"망리단이니 어쩌니 하며 변했다고는 하지만 나한테는 고향 같
은 곳이야. 상인들도 다 착한 사람들이고 말이야. 다른 곳 같았으
면 진즉에 쫓겨나고도 남았겠지. 이런 곳에서 살인이 벌어지게
놔둘 수는 없어."

단호한 노숙자의 말에 성규가 물었다.

"그렇다고 해도 살인자를 놓쳤어요. 이제 끝난 거라고요."

"끝날 때까지 끝난 게 아니지."

낡은 의자에서 일어난 노숙자가 엉덩이를 털면서 말했다.

"녀석이 여기서 목표를 찾는다면 계속 돌아다니겠지?"

"아마도요."

"그럼 우리는 길목에서 기다리고 있다가 놈을 찾아야지."

"시장에서요?"

성규는 어처구니없다는 표정으로 노숙자를 바라봤다. 길이 거미
줄처럼 뻗어 있는 망원동에서 살인자가 오가는 길목 같은 건 없을
것 같았다. 그런 성규에게 노숙자가 자신만만하게 얘기했다.

"내가 여기 토박이나 다름없다고 했잖아. 커피값 있어?"

"카드 있어요."

그의 대답을 들은 노숙자가 기지개를 켜면서 말했다.

"그럼 따라와. 그리고 내 이름은 류진현이야. 그냥 류라고 불
러."

그가 성규를 데리고 간 곳은 길거리에 있는 약국 앞이었다. 그
약국 옆에는 2층으로 올라가는 문이 있었는데 삐딱하게 붙은 유리
창 옆으로 카페 홈즈라는 간판이 붙어 있었다. 문을 연 류가 좁고
가파른 계단을 올라가자 성규는 잠자코 따라갔다.

길거리는 할로윈을 맞이해서 울긋불긋하게 분장한 사람들이 빼
곡했는데 2층에 있는 카페는 추리소설들이 책장에 빼곡하게 꽂혀
있었고, 셜록 홈스와 관련된 소품들이 잔뜩 있었다. 손님들은 드문
드문 앉아서 책을 읽거나 노트북과 씨름하는 중이었다. 문이 열리
고 인기척이 느껴지자 동그란 안경을 쓴 주인아주머니가 책을 읽
다가 고개를 들었다. 류가 성규에게 속삭였다.

"창가 자리 잡을 테니까 주문하고 와. 난 아이스 아메리카노."

얼떨결에 고개를 끄덕거린 성규는 카운터로 갔다. 홈즈라는 이름답게 외국 유명 추리소설가의 이름을 딴 커피 메뉴가 있었다. 성규는 커피 냄새가 잔뜩 배어 있고 손가락을 계속 움직이는 주인 아주머니에게 말했다.

"아이스 아메리카노랑 미스 마플 주세요."

성규가 계산을 하고 다가오자 류가 창밖을 바라보면서 말했다.

"밖을 봐."

"도로가 있네요."

"도로 양쪽이 망원 시장이랑 망원 월드컵 시장 입구야. 그러니까 다른 한쪽으로 넘어가려면 여기를 반드시 지나쳐야 한다는 뜻이지."

류의 말을 단번에 알아들은 성규가 대답했다.

"여기서 지켜보자는 얘기군요."

"자네 얘기대로 그 녀석이 희생자를 찾기 위해 여기저기 돌아다닌다면 분명히 이 앞을 지나갈 거야. 알아볼 수 있겠어?"

걱정스러움이 가득한 류의 시선을 느낀 성규가 고개를 끄덕거렸다. 그리고 창밖의 거리를 내려다봤다. 해가 떨어지면서 본격적으로 할로윈을 즐기려는 사람들이 거리를 메우는 중이었다. 사탕 바구니를 들고 활보하는 괴물로 분장한 사람들과 이런 모습을 장바구니를 든 채 바라보는 아주머니들의 어색한 시선이 느껴졌다.

성규는 물결처럼 흘러가는 사람들을 집중해서 바라봤다. 사람들의 얼굴이 보이지 않은 이후부터 냄새나 동작으로 구분하는 버릇을 들였지만 이렇게 많은 사람들을 대상으로 해본 적은 없었다. 하지만 류의 말대로 살인자가 이곳을 지나갈 수 있기 때문에 정신 차리고 바라봐야만 했다.

잠시 후, 사람들의 물결 사이로 작은 파장들이 보였다. 간호사 복장에 빨간 피 같은 액체가 든 주사기를 든 여성이 하이힐이 불편한지 살짝 비틀거렸다. 해골이 그려진 후드를 뒤집어쓰고 뼈가 그려진 장갑을 낀 땅딸막한 남자는 술에 취했는지 몸을 앞뒤로 흔들면서 걸었다. 그런 식으로 한 명씩 집중해서 살펴보는 성규에게 류가 물었다.

"그나저나 살인자를 찾으면 그다음은? 안면인식 장애가 있는 사람이 지목하면 아무도 안 믿을 것 같은데?"

거기까진 생각해보지 않았던 성규는 잠시 당황했지만 생각을 정리했다.

"놈이 여기 나타난 이유는 희생자를 찾기 위해서일 겁니다. 뒤따라가다가 현장에서 잡을 생각이에요."

"빼도 박도 못하는 증거를 찾아서 경찰에게 넘기겠다는 거군."

류의 물음에 성규는 고개를 끄덕거렸다. 그리고 누군가를 떠올렸다.

***

 퇴원 절차는 생각보다 빨리 끝났다. 아버지는 병원비를 모두 계산해주면서 죽은 자식이라고 생각할 테니 앞으로 연락하지 말라는 말을 남겼다. 평생 고지식하게 살아오신 분이라 이번 사건으로 큰 충격을 받은 것 같았다. 아무 대꾸도 못한 성규는 짐을 챙겨 병원 밖으로 나왔다.

 주차장을 가로질러 가는데 구석에 있는 정자에서 누군가 일어나 다가오는 모습이 보였다. 입고 있는 점퍼가 바뀌긴 했지만 산뜩 웅크린 모습이나 느릿한 팔자걸음으로 봐서는 구찬준 형사가 분명했다. 그는 담배꽁초를 손끝으로 튕기며 성규에게 터벅터벅 걸어왔다.

 "저 기억합니까?"

 성규가 고개를 끄덕이자 구찬준 형사가 다가오며 말했다.

 "오늘 퇴원한다고 해서 얼굴 보러 왔습니다."

 "범인은요?"

 "단서가 전혀 없습니다. 미제 사건으로 남을 겁니다."

 예상은 하고 있었지만 기운이 쭉 빠졌다. 그런 그에게 구찬준 형사가 은근한 목소리로 물었다.

 "그 증상은 여전합니까?"

 보이지는 않지만 미심쩍은 시선으로 바라보고 있음을 분명하게 느끼며 성규는 그의 물음에 고개를 끄덕거렸다.

"의사 선생님도 원인을 못 찾겠답니다. 당분간 통원 치료를 하라고 했는데 별 기대는 안 되네요."

"사람들 얼굴을 못 알아보면 사회생활에 막대한 지장을 받겠네요."

"목소리로 구분하려고 노력 중입니다. 어떻게든 되겠죠."

걱정과 의심 중간에 있는 듯한 구찬준 형사의 말에 대충 대답한 성규는 가던 길을 계속 가려고 했다. 하지만 몇 걸음을 떼기도 전에 구찬준 형사의 목소리가 따라붙었다.

"제 사전에는 미제 사건 같은 건 없습니다."

걸음을 멈추고 고개를 돌린 성규가 물었다.

"범인을 잡으면 꼭 물어봐 주십시오. 왜 아무 죄도 없는 선미를 죽였는지 말입니다."

날카롭고 무거운 긴장감이 둘 사이에 흘렀다. 성규는 입원한 내내 알게 모르게 자신을 범인으로 의심하던 그의 시선이 더없이 불편하고 짜증이 났다. 가쁘게 숨을 내쉰 구찬준 형사가 말했다.

"혹시 안면인식 장애가 치료되거나 범인에 대해서 떠오르는 게 있으면 저에게 반드시 연락해주십시오."

"그럼 번개같이 나타나서 살인자를 체포해주시는 겁니까?"

"일단 수갑은 채울 수 있습니다. 그다음에는 증거를 찾아야 하고요."

보이지는 않았지만 아마도 씩 웃었을 그가 덧붙였다.

"죽음은 살아 있는 사람들을 꽁꽁 얽매어버리는 족쇄 같은 겁니다. 풀래야 풀 수 없는 법이죠."

"범인을 잡으면 풀 수 있지 않을까요?"

"많은 사람들이 그러기를 바랍니다. 형사가 힘을 내는 것도 그것 때문이고요. 처음에는 당신을 범인으로 생각했지만 여러 가지 정황상 아닌 게 밝혀졌을 때 이 사건이 미제 사건으로 분류될 거라고 직감했습니다. 하지만 범인은 반드시 잡힐 겁니다."

"아무 증거도 없다고 하셨잖아요."

성규의 반문에 구찬준 형사가 점퍼 주머니에서 담배를 꺼내며 대답했다.

"살인은 중독이라서 한번 맛보면 절대 잊지 못하죠. 놈은 반드시 다시 움직일 겁니다. 5년이든 10년이든 말이죠."

구찬준 형사가 어떤 표정을 지었는지 알 수 없었다. 하지만 경직된 몸과 담배를 세게 움켜쥔 손을 보면 바짝 긴장하고 있다는 것을 느낄 수 있었다. 성규는 살짝 고개를 숙여 인사를 하고는 돌아서서 발걸음을 뗐다. 그러면서 발목에 묵직한 살인자가 채워 놓은 죽음의 족쇄가 느껴졌다.

***

카페 홈즈에서 커피를 마시며 거리를 내려다보던 성규는 졸음을 쫓기 위해 수첩에 글씨를 썼다. 그렇게 한 시간 정도를 보낸 후,

갑자기 자리에서 벌떡 일어났다. 반쯤 졸고 있던 류가 깜짝 놀란 눈길로 바라봤다.

"왜?"

"찾았어요."

"어디?"

허둥지둥 창밖을 내려다보는 그에게 성규가 말했다.

"망리단길 쪽으로 가는 할로윈 무리 중에 있어요. 올백 머리에 검은 망토를 두르고 있습니다."

"오늘 길바닥에 그러고 다니는 애들 천지 같은데?"

"저는 알아볼 수 있어요. 어깨가 다른 사람과 좀 다르게 움직이거든요. 처음에는 할로윈 분장을 한 구경꾼 중 하나로만 봤습니다. 그런데 미세한 파장들이 보였어요."

"진짜?"

성규는 얘기를 들으면서 창밖을 바라보던 류의 주머니에 손을 슬쩍 넣고는 말을 이어갔다.

"놈의 어깨가 오른쪽으로 살짝 기울어져 있고, 가늘게 떨립니다. 다른 사람한테는 찾아볼 수 없는 그자만의 특징이죠. 저기 머리를 올백으로 넘기고 깃을 올린 검은색 복장을 한 놈이 그러는 걸 봤습니다."

"검은색 코트에 올백 머리면 드라큘라 같은데? 오늘 그걸로 변장한 사람들이 엄청 많을 거야."

"맞은편 시장 입구에서 나와 횡단보도를 건넜습니다. 시장 안을 살펴보고 다녔다가 망리단길 쪽으로 가려는 거 같아요."

서둘러 얘기를 하고 계단을 내려간 성규는 드라큘라로 변장한 살인자의 뒤를 쫓았다. 아까처럼 놓치지 않겠다는 마음에 같이 가자는 류의 외침을 뒤로한 채 서둘러 발걸음을 뗐다.

살인자가 포함된 할로윈 행렬이 망리단길로 접어들었다. 오래된 빌라와 주택들이 자리 잡은 골목길 곳곳에는 알록달록한 색깔을 가진 상점들이 할로윈을 즐기러 나온 손님들을 기다렸다.

천천히 거리를 두면서 걷던 성규는 주머니에 든 핸드폰을 꺼내 들었다. 드라큘라로 변장한 살인자가 지나쳐 갔던 목화빌라 맞은 편 미스터 나우라는 샌드위치 가게에서 철 지난 노라 존스의 노래가 흘러나왔다. 잠시 주저하던 성규가 저장된 번호를 누르자 신호가 갔다. 잠시 후, 상대방이 전화를 받았다.

—복성규 씨?

"제 번호가 아직 저장되어 있군요."

구찬준 형사가 핸드폰 너머에서 코웃음을 치는 소리가 들렸다.

—당연한 일이죠. 그나저나 5년 만에 전화하셨네요.

"살인자를 찾으면 연락을 달라고 하셨죠?"

성규는 구찬준 형사가 마른침을 삼키는 소리를 들었다. 아마 핸드폰을 귀에 바짝 갖다 댄 채 한 마디라도 안 놓치려고 애를 쓰는 것 같았다. 성규 역시 핸드폰에 신경을 집중했다.

—다시 말해보세요."

"살인자를 찾았습니다."

—어디서 찾았단 말입니까?"

"망원동의 망리단길이요."

뒤를 힐끔 돌아본 성규는 사람들 사이를 헤치며 다가오는 류의 모습을 보면서 속삭였다.

"제가 놈을 유인하고 있는 중입니다."

—유인하고 있다고요?"

"놈을 찾아서 미행했는데 그자가 깡패를 시켜서 저한테 시비를 걸게 한 다음 도와주는 척하면서 저에게 접근했습니다."

—얼굴을 못 알아본다면서 어떻게 알아낸 겁니까?

핸드폰 너머에서 들려오는 그의 목소리는 의구심으로 가득했다. 성규는 차분하게 대답했다.

"5년 전 그날 살인자에게서 어떤 냄새를 맡았는데 그자에게서도 맡았습니다."

—장난합니까? 얼굴도 아니고 냄새로 살인자를 찾아냈다고 하면 누가 믿겠어요?

성규는 당장이라도 전화를 끊을 듯이 화를 내는 구찬준 형사를 설득했다.

"놈이 여기에 나타난 건 살인을 저지르기 위해서일 겁니다. 저한테 살인은 중독이라서 반드시 다시 나타날 거라고 하셨잖아요."

한동안 말이 없던 구찬준 형사가 말했다.

—살인자를 체포할 방법이 있습니까?

"놈한테 살인자를 찾아서 미행 중이라고 했습니다. 으슥한 곳에 가면 틀림없이 본색을 드러내서 저를 죽이려고 할 겁니다. 그때 현장에서 체포하시면 됩니다."

— 현행범으로 말입니까? 하지만 오늘 살인을 저지른다는 보장이 없잖아요.

구찬준 형사의 말에 성규가 단호하게 말했다.

"녀석 몰래 옷에 정체를 알고 있다는 내용의 쪽지를 넣었습니다."

— 그자가 당신을 죽이려고 하면 살인미수나 폭행으로 체포할 수 있겠군요.

"네, 체포한 후에 조사를 해보면 선미를 죽인 범행에 대해서도 밝혀낼 수 있지 않겠습니까?"

잠시 뜸을 들이던 구찬준이 대답했다.

— 일단 시도해보죠. 어디로 유인할 겁니까?

"망리단길에 한솔분식이 있는데 거기서 망원역 방향은 인적이 드문 편입니다. 중간에 대성빌라가 있는데 거기 뒤편으로 유인할 생각입니다."

— 진짜 위험할 수 있습니다. 괜찮겠어요?

이번에는 성규가 고민했다. 5년 동안 기다려왔던 순간이었지만 막상 눈앞에 닥치자 갈등에 빠진 것이다. 하지만 복수의 기회를 놓치고 싶지는 않았다. 뒤를 돌아보면서 류와의 거리를 가늠하던 성규가 서둘러 덧붙였다.

"놈이 옵니다. 얼마 후에 도착할 수 있습니까?"

―30분 내로 가겠습니다. 도착하면 문자를 보내죠.

"알겠습니다."

서둘러 통화를 끝낸 성규에게 헐레벌떡 달려온 류가 물었다.

"누구랑 통화한 거야?"

"아버지요. 잘 있냐고 갑자기 전화가 와서 못 끊었어요."

"그놈은?"

류의 물음에 성규는 앞쪽을 가리켰다.

"저쪽으로 가는 걸 봤습니다. 제가 따라갈 테니까 좀 뒤에서 따라오세요."

"위험하지 않겠어?"

"둘이 같이 다니면 눈에 띕니다. 저는 분장을 해서 행렬에 그럭저럭 끼일 수 있지만 당신은 아니잖아요."

성규는 자신과 노숙자인 류의 차이를 은연중에 드러냈다. 다행히 성규의 얘기를 들은 류가 수긍했다.

"그럼 뒤따라갈게."

류와 헤어진 성규는 천천히 골목길을 따라갔다. 그가 점찍은 드라큘라는 친구들과 함께 시끄럽게 떠들면서 망리단길을 걷고 있었다. 말없이 뒤를 쫓던 성규는 시끄럽게 흘러가는 행렬을 따라가면서 시간을 끌었다. 오랫동안 꿈꿔왔던 순간이었지만 막상 현실로 다가오자 심한 긴장감이 찾아왔다. 죽은 그녀의 얼굴이 떠올랐고, 밉살스러운 구찬준 형사가 생각났다. 병원비를 계산해주고 인연을 끊은 아버지가 떠올랐다.

생각에 잠긴 채 할로윈 행렬 속 드라큘라의 뒤를 따르던 그는 주머니에 넣어둔 핸드폰이 울리자 꺼내 들었다. 구찬준 형사가 보낸 도착이라는 간단한 문구를 확인한 성규는 아까 전화로 약속한 장소로 발걸음을 옮겼다. 류가 제발 따라오기를 바랐다. 약속 장소인 대성빌라 뒤편으로 가자 어둠이 그를 기다렸다. 4층으로 된 낡은 빌라에 가려진 가로등 불빛이 미처 파고들지 못한 탓이다. 망리단길은 할로윈을 즐기는 사람들로 가득했지만 불과 몇십 미터 떨어진 이곳은 완벽한 어둠뿐이었다.

숨을 고른 성규는 그가 나타나기를 기다렸다. 그래서 어둠 속에서 발걸음 소리가 들렸을 때 두려움과 반가움이 담긴 눈으로 바라봤다. 어둠 속에서 뚜벅뚜벅 걸어 나온 것은 구찬준 형사였다. 손에 장갑을 낀 그가 성규에게 말했다.

"주변에 아무도 없군요."

"잠시 후에 나타날 겁니다."

"그리고 그자가 당신을 해치는 순간에 현장을 덮치라는 얘기죠?"

"저에게 의도적으로 접근한 걸 보면 기회를 노리고 있는 게 분명합니다."

"그자가 살인자라는 건 어떻게 느꼈습니까?"

"냄새요. 은단 냄새 비슷한 걸 맡았던 기억이 납니다."

"그것만으로 단정하기는 곤란하지 않을까요?"

"처음에는 은단 냄새인 줄 알았는데 병원에 있다가 비슷한 냄새를 맡았습니다. 치과에서요."

　구찬준 형사가 흥미롭다는 표정을 지으며 팔짱을 꼈다. 성규는 그때의 기억을 떠올렸다.

　　　　　　　***

　정처 없이 병원을 떠돌던 그가 치과 병동 앞에서 발걸음을 멈춘 건 어떤 냄새 때문이었다. 그녀를 죽인 살인자에게서 느껴졌던 정체불명의 냄새와 똑같은 걸 맡은 것이다. 성규는 냄새가 나는 집중치료실을 슬쩍 살펴보았다. 마침 문이 살짝 열려 있었고, 환자와 의사가 얘기를 나누는 모습이 보였다. 약품을 정리하던 간호사의 시선이 느껴지자 성규는 더 이상 가까이 가지 못하고 문 옆의 의자에 앉았다.

　잠시 후, 의사와 대화를 끝낸 환자가 의자에서 일어나 인사를 하고 돌아섰다. 그의 곁을 지나 문밖으로 나가는 환자의 손에는 아까 맡았던 냄새가 풍기는 약품 병이 들려 있었다. 벌떡 일어난 성규는 환자의 뒤를 따라 복도로 나갔다. 그리고 앞서 걷던 환자가 화장실로 들어가는 걸 보고는 따라서 들어갔다. 환자는 세면대에 약품 병을 놓고 거울을 보면서 면봉으로 입 안을 쑤시고 있는 중이었다. 성규가 옆에 서서 손을 씻으며 슬쩍 말을 건넸다.

　"뭐 하시는 거예요?"

　"구강염이 있어서 과산화수소로 닦는 겁니다."

"그러면 치료가 되나요?"

"구강염이라는 게요. 스트레스 때문에 생기는 거라 하루아침에 낫지를 않는데요. 의사는 자꾸 마음을 편하게 먹으라고 하는데 요즘 세상에 그게 쉽겠어요?"

이후 환자의 투덜거림은 성규의 귀에 들어오지 않았다. 약품 병에서 나는 냄새가 그날 밤, 선미를 죽이고 자기를 죽이려고 했던 살인자에게서 맡은 것과 똑같았기 때문이다.

그날 이후, 성규는 병원에 다니면서 연습을 했다. 환자의 냄새를 맡고 의사와 간호사의 손동작과 움직임을 통해 사람을 하나씩 구분하는 법을 익혔다. 그리고 퇴원 후에 마임이스트를 찾아가 더 철저하게 연구를 하고 연습을 해서 얼굴 대신 냄새와 손동작, 몸의 움직임 같은 것으로 사람들을 구분하고 나아가서 어떤 생각을 하는지를 알 수 있게 되었다. 그러면서 내내 그녀가 죽던 날 맡았던 과산화수소 냄새를 찾아 헤맸다.

***

"무슨 생각을 하고 있는 거죠?"

생각에 잠겨 있던 성규는 팔짱을 낀 구찬준 형사의 물음에 퍼뜩 정신을 차렸다. 그리고 핸드폰을 꺼내 뭔가를 찾으면서 말했다.

"살인자가 풍긴 냄새는 과산화수소에서 나온 거였습니다. 구강염 환자들이 쓰는 것이죠. 은단을 먹는 사람들보다는 훨씬 숫자를 줄일 수 있어요. 그리고 예전에 그 냄새를 맡은 적이 있습니다."

"어디서?"

"제가 병원에서 퇴원하던 날이요."

그의 대답을 들은 구찬준 형사가 팔을 풀었다. 성규는 핸드폰으로 검색해 노래의 제목을 확인하고는 유튜브로 재생시켰다. 망원동의 어두운 뒷골목에서 노라 존스의 노래 〈Don't Know Why〉가 흘러나왔다.

"아까 당신이랑 통화했을 때 들은 음악입니다. 드라큘라로 변장하고 이 음악이 흘러나왔던 가게 앞을 지나갔죠?"

성규의 얘기를 들은 구찬준 형사는 올백으로 넘긴 머리를 손으로 쓱 만졌다. 그리고는 피식 웃었다.

"갑자기 전화가 왔을 때 싸하기는 했는데 말이야."

"당신이 저에게 살인은 중독이라고 하셨죠? 그래서 퇴원 이후에 신문과 방송들을 계속 살폈습니다. 그랬더니 재작년과 작년에 비슷한 사건이 벌어졌더군요. 그래서 계속 활동하고 있으니 언젠가는 만날 거라고 생각했죠. 그게 오늘일지는 몰랐지만요."

주머니에서 나일론 밧줄을 꺼낸 구찬준 형사가 고개를 절레절레 저었다.

"할로윈은 살인이 벌어지기 좋을 때지. 그래서 올해는 변장을 하고 거리로 나왔어. 적당한 먹잇감을 찾아서 말이야. 그런데 얼굴도 못 알아보는 네놈 때문에 방해를 받아서 기분이 아주 나빠."

"선미를 왜 죽인 겁니까?"

뒷걸음질을 치던 성규의 물음에 구찬준 형사의 말투가 어지러워
졌다.

"성광이가 나를 찾아와서 하소연을 했었지. 못된 계집애한테
돈만 뜯기고 차였다고 말이야. 그래서 다른 여자를 사귀면 된다고
말하고는 넘어갔는데 자살을 하더군. 외가 쪽 친척이긴 한데 어린
시절에 할머니 집에서 같이 자라 많이 친했어. 멍청하고 게으른
놈이긴 하지만 그렇게 자살하면 안 되는 애였지. 장례를 치르고
알아보니까 성광이 말이 맞더군."

"거짓말입니다. 오히려 그자가 선미를 괴롭혔어요."

"원래는 너도 죽일 계획이었어. 동반 자살이면 그림이 깔끔하게
나오거든."

구찬준 형사의 말을 듣고 분노한 성규가 외쳤다.

"그때 나도 죽이지 그랬어!"

"그러려고 했지. 그런데 마치 죽여 달라고 애원하는 듯한 네놈
눈빛을 보고 생각을 바꿨어. 살아서 고통을 받는 게 더 재미있겠다
싶었지. 그걸 확인하려고 내가 수사를 자청했고 말이야. 덤으로
살인죄를 뒤집어씌우려고 했는데 현장 증거들이 너무 명백해서
손을 못 쓴 게 아쉬워. 하지만."

밧줄을 팽팽하게 당긴 구찬준 형사가 차가운 말투로 덧붙였다.

"오늘 밤, 그 아쉬움을 달랠 수 있겠군."

뒤로 물러나던 성규는 담장에 등이 닿자 마른침을 삼켰다. 그걸
본 구찬준 형사가 말했다.

"최대한 짧게 끝내줄게. 가서 여자 친구 만나면 안부 전해줘."

더 이상 뒤로 물러설 곳이 없어진 성규가 우두커니 서서 다가오는 그를 바라봤다. 그때 담장 너머에서 류의 목소리가 들렸다.

"아이고, 다리야."

투덜거리면서 담장 위로 고개를 쑥 내민 류가 깜짝 놀란 표정을 짓는 구찬준 형사에게 말을 건넸다.

"안녕하쇼. 망원동에서는 나쁜 짓을 하면 안 돼. 왜냐하면 내가 나와버리거든."

"녹음은 잘하셨어요?"

성규의 물음에 류가 고개를 끄덕였다. 그리고는 꼬깃꼬깃한 종이를 꺼내서 흔들었다.

"갑자기 사라져서 깜짝 놀랐잖아. 근데 언제 내 주머니에 쪽지를 넣어놓은 거야?"

"연극할 때 소매치기 역할을 한 적이 있어서 좀 배웠어요."

둘의 얘기를 지켜보던 구찬준 형사가 괴성을 질렀다.

"죽여 버리고 말겠어!"

성규는 그가 나일론 밧줄로 목을 감는 것을 막지 못했다. 하지만 놀랄 만큼 날렵하게 담장을 뛰어넘은 류가 주먹으로 구찬준 형사의 옆구리를 때리면서 풀려났다. 어퍼컷을 한 대 더 맞은 구찬준 형사는 그대로 뻗어버리고 말았다. 목에 감긴 나일론 밧줄을 풀어준 류가 물었다.

"괜찮아?"

성규는 대답 대신 고개를 끄덕였다. 그런 성규를 부축해서 빌라의 입구 계단에 앉힌 류가 옆에 앉았다.

"숨어서 녹음을 부탁한다고 해서 뭔가 했어."

"물증이 필요해서요. 제 핸드폰은 놈이 가져갈 게 뻔하잖아요. 경찰은요?"

"아까 신고했어."

멀리서 경찰차의 사이렌 소리가 들려오자 성규는 비로소 안심이 되었다. 그러면서 참았던 눈물을 쏟았다.

요란한 사이렌 소리와 함께 나타난 경찰들은 얼떨떨한 표정을 지었다. 다행히 류가 녹취한 것을 듣고는 겨우 정신을 차린 구찬준 형사를 경찰차에 실었다. 사이렌 소리를 듣고 구경꾼들이 몰려왔는데 상당수는 할로윈 분장을 하고 있어서 몹시 기괴해 보였다. 그들이 지켜보는 가운데 류가 성규를 부축했다.

"경찰차 타고 가지 그래?"

"좀 걷고 싶어요. 위험한데 도와줘서 고맙습니다."

"내가 오히려 방해된 거 아냐?"

속마음을 들킨 성규가 바라보자 류가 낄낄거렸다.

"나도 소싯적에 추리소설 좀 읽었어. 그놈 손에 죽으려고 한 거지?"

주저하던 성규가 고개를 끄덕거렸다.

"그게 가장 확실한 방법 같았습니다. 왜 살아야 하는지도 몰랐고요."

성규의 대답을 들은 류가 혀를 찼다.

"주변을 봐. 다들 상처를 가지고 있어. 그때마다 좌절하고 절망하면 지구상에 누가 남아 있겠어?"

류의 말을 들은 성규는 구경꾼들을 천천히 살펴봤다. 얼굴은 여전히 보이지 않았지만 그들의 몸짓과 냄새에서 상처를 볼 수 있었다. 류가 어깨에 손을 올리면서 덧붙였다.

"살아있는 건 다 이유가 있다고 생각하라고."

"그게 뭔지 모르겠….."

고개를 저으려던 성규는 어느 커플을 발견하고 말을 멈췄다. 여자는 간호사로 분장했고, 남자는 프랑켄슈타인 가면을 쓰고 있었다. 성규가 한 군데를 뚫어지게 바라보자 류가 물었다.

"왜 그래?"

"저기 간호사랑 프랑켄슈타인 커플이요. 남자가 여자를 심하게 구타한 것 같아요."

성규가 얘기한 커플을 힐끔 바라본 류가 고개를 갸웃거렸다.

"멀쩡해 보이는데?"

"여자가 상체를 지나치게 많이 웅크리고 있어요. 몸은 붙어 있는데 머리는 다른 쪽으로 돌아가 있잖아요. 그리고 발끝을 계속 떠는 것 같아요. 그리고 멍이 들 때 바르는 약 냄새도 느껴집니다."

두 사람이 계속 자신을 바라보면서 얘기를 나누자 프랑켄슈타인이 간호사를 데리고 시장 쪽으로 걸어갔다. 프랑켄슈타인의 팔에

끌려가던 간호사가 돌아서서 두 사람을 바라봤다. 성규는 얼굴이
보이지 않았다면 어떤 표정을 지었는지 짐작할 수 있었다. 두 사람
은 약속이나 한 듯 그쪽으로 발걸음을 향했다.

▌정명섭

1973년 서울에서 태어났다. 대기업 샐러리맨과 커피를 만드는 바리스타를 거쳐 현재는 전업 작가로 생활 중이다. 글은 남들이 볼 수 없는 은밀하거나 사라진 공간을 얘기할 때 빛이 난다고 믿는다. 역사 추리소설 『적패』를 비롯해 『김옥균을 죽여라』 『케이든 선』 『폐쇄구역 서울』 『좀비 제너레이션』 『멸화군 : 불의 연인』 『명탐정의 탄생』 『조선변호사 왕실소송사건』 『별세계 사건부: 조선총독부 토막살인』 『체탐인: 조선스파이』 『달이 부서진 밤 』 『살아서 가야 한다』 『상해 임시정부』 등을 발표했다. 한국추리스릴러 단편선을 비롯해 각종 단편집에도 참여해서 많은 단편을 발표했다. 2013년 제1회 직지소설문학상 최우수상을 수상했으며, 2016년 제21회 부산국제영화제에서 NEW 크리에이터 상을 받았다.

'카페 홈즈'에서 꼭 만나요, 우리!

이야기꾼들이 좋아하는 공간은 어디일까. 이야기가 모이고 흔들리며 부딪쳐 새로운 이야기가 만들어지기도 하고 낡은 이야기가 사라지기도 하는 판이리라. 대합실이나 시장이나 공원 혹은 여관이나 학교에서, 그리고 요즈음은 인터넷이나 게임으로 대표되는 다양한 디지털 공간에서 하루에도 수백 수천수만 개의 이야기들이 춤을 춘다. '카페 홈즈' 역시 이야기가 모이고 넘쳐흐르며 바뀌고 탄생하는 공간이다. 앞에 언급한 공간들과 차이가 있다면, 추리와 스릴러를 좋아하는 마니아가 그 장르의 책들만 오랜 기간 구입하여 모아뒀다는 점이다. 따라서 이 장르를 즐기는 이들에겐, 작가든 독자든, '카페 홈즈'는 복된 곳이다. 나 역시 평생 쓰고 싶은 추리물이 있기에, 진작부터 '카페 홈즈'를 오갔다. 이곳에 틀어박혀 초고를 쓰거나 퇴고를 하면, 등 뒤 책장에 꽂힌 수천 권의 책들이 나를 응원한다는 착각이 든다.

나만 이런 착각에 빠졌던 건 아닌가 보다. 네 명의 소설가가 '카페 홈즈'를 소재로 단편집을 내겠다고 나선 것이다. 당연히 그들 역시 이 카페의 단골이며, 책장에 꽂힌 책들로부터 때론 격려를 받았고 때론 그 책들을 질투했으며 나아가 절망도 더러 했을 것이다. 네 편의 단편 모두 이런 각자의 경험이 은밀한 듯 적나라하게 담겼다.

슬럼프에 빠진 소설가가 영감을 주는 노인을 만나는 곳(「찻잔 속에 부는 바람」)이기도 하고, 애거사 크리스티의 탐정 제인 마플처럼, 카페 주인이 결정적인 추리를 해서 진범을 잡는 곳(「너여야만 해」)이기도 하며, 집필을 위해 잠적한 소설가와 유일하게 연락이 닿는 곳(「죽은 이의 자화상」)이기도 하고, 2층 창으로 거리를 내려다보며 행인 중 용의자를 가려내면서 또 이 사건 자체를 다시 따져보게 만드는 곳(「얼굴 없는 살인마」)이기도 하다. 눈치 빠른 독자라면 짐작했겠지만, 이 단편집에 실린 '카페 홈즈'에서 하는 일들은 거기서 할 수 있는 백 가지 놀이 중 겨우 네 가지를 쓴 것뿐이다.

백문이 불여일견이란 속담도 있지만, 나는 독자들이 '카페 홈즈'를 세 번은 다른 방식으로 보았으면 싶다. 첫째는 단편집 〈카페 홈즈에 가면〉을 보며 이 유일무이한 공간을 상상하는 것이고, 둘째는 망원 시장 근처 '카페 홈즈'에 직접 가서 꽂힌 책들을 구경하며 추리와 스릴러의 광활함을 맛보는 것이며, 셋째는 메뉴판에 적힌 이름들만으로는 예측이 불가능한 차를 시킨 후 단편집 〈카페 홈즈에 가면〉을 다시 꺼내 찬찬히 보는 것이다.

세 번으로도 만족이 안 된다면? '카페 홈즈'로 다시 가서 글을 쓰거나 이야기판을 왁자지껄 벌여도 좋다. 그러다 보면 단편집에 등장한 캐릭터들이 당신 곁을 슬쩍 지날 것이고, 당신 주위에서 작품과 씨름하거나 졸거나 한숨 쉬는 네 명의 소설가를 발견할 수 있을 것이다. 그리고 자랑할 대목이 아흔아홉 개나 더 있는데, 생각이 나지 않아 머리를 쥐어뜯는 소설가도 만날지 모른다. 그땐 당신의 독후감과 함께 못다 한 추천의 빈자리를 채우면 신나겠다. '카페 홈즈'에서 꼭 만나요, 우리!

- 김탁환 (소설가)

카페 홈즈에 가면?

1판 1쇄 발행 2019년 3월 15일

지은이 신원섭 정해연 조영주 정명섭

발행인 박광운
편집인 박재은

발행처 손안의책
출판등록 2002년 10월 7일 (제307-2015-69호)
주소 서울 성북구 화랑로 214, 102동 601호
전화 02-325-2375 팩스 02-6499-2375
카페 http://cafe.naver.com/bookinhand
이메일 bookinhand@hanmail.net

ISBN 979-11-86572-48-1 03810

정가는 뒤표지에 있습니다.
파본이나 잘못된 책은 구입하신 곳에서 교환해 드립니다.

* 이 도서의 국립중앙도서관 출판예정도서목록(CIP)은 서지정보유통지원시스템 홈페이지
(http://seoji.nl.go.kr)와 국가자료종합목록시스템(http://www.nl.go.kr/kolisnet)에서 이용하실 수
있습니다.(CIP제어번호: CIP2019004970)